是咁的，
玩匿名交友 app 撞返個 ex

做金庸的男人

是咁的，
玩匿名交友 app 撞返個 ex

目錄

你唔覺得段關係好有問題咩？

覺嘅……

你唔覺得我哋好唔夾咩？

……

我覺得……分手先係對我哋兩
個最好嘅做法

序章：交友 app

序章：交友 app

是咁的，玩匿名交友 app 撞返個 ex。

雖然我都有好幾個 ex，但唔係遇返可有可無嘅女人，而係傷得我最深，我最放唔低嗰個。想當年差啲為依個女人死，不過我死唔死其實對佢無影響，我又唔係用自殘威脅佢，只係正式分手之後真係太傷心，先想用死嚟解脫。

人生無為一個人想死過，就唔算真正愛過。

會咁傷心，係因為傷得太深。

起初我都唔知係佢嚟，件事要由半年前講起……

話說半年前，我仲拍緊拖，同當時嗰位女朋友晴晴一齊咗三年，處於平淡嘅細水長流期。晴晴係個帶少少叛逆基因嘅乖乖女，即係唔煙唔酒但鍾意駁嘴同唔癡家嗰種。我哋習慣咗對方嘅存在，亦唔會出軌，但就愈嚟愈覺得大家唔夾。我鍾意匿喺屋企寫嘢煲劇睇戲睇書，佢就鍾意戶外活動。熱戀期嗰陣都仲會扮吓陪對方做佢鍾意嘅活動，但之後其實就無咩交集。

見到佢對我介紹嘅戲無乜興趣，由初頭勉為其難一齊睇吓，到後來得我睇佢就揸電話同瞓著，我就無再同佢睇戲。相反佢都一樣，叫我去跑步跑到後嚟我淨係坐吓就算，佢都無再叫我一齊跑。其實我鍾意游水多啲，因為出汗都唔緊要，會被池水沖走。反之佢就鍾意成身汗嘅感覺，話咁先爽。

佢鍾意黑朱古力，我覺得太苦。

我鍾意牛奶朱古力，佢就覺得太甜。

唔知大家有無試過，同一個人拍拖愈耐，愈發現大家唔夾？明明一開始係咁鍾意，原來都會比日常生活漸漸磨蝕。係咪好愛，就幾唔夾都忍受到？

定係「唔夾」，真係會傷害一段關係，好愛好愛都會變到無咁愛？

對於依個問題，我都有搵班兄弟傾吓。

「無架喎，真係好愛，唔夾都可以一齊。唔愛的話，幾夾都可以分手。」蠔哥話。

「所以個問題只係愛唔愛。」雞腎話。

咁……我到底係幾時開始唔愛晴晴？

好老實，同夢境一樣，開始嗰吓真係唔知，總係喺中途出現。

至於令我確認自己真係唔再愛晴晴嘅關鍵，係家庭聚會上，一個親戚嘅問題。

「金仔，你都拍咗幾年拖喇喎。」

「係呀。」

「做乜今日唔帶女朋友仔上嚟見吓面呀？」

個吓，我打咗個突。不過好快我就答：「佢唔得閒呀，下次吖下次吖。」

我早就睇過網上新年攻略，準備好一套應對三姑六婆新年問題嘅太極拳，根本唔驚嗰啲咩幾時結婚生仔嘅問題。當然佢哋本身都無問過我，所以我估唔到真係聽到依個問題嗰陣，自己會有咁嘅反應。

序章：交友 app

第一個反應永遠都無得呃人。

佢哋已經唔係問我幾時結婚，只係問我幾時帶晴晴同佢哋見個面，我都可以跳制。

因為嗰刻心入面浮現咗一個念頭：我唔想帶佢見我啲親戚。

可能我份人比較傳統，我覺得帶女朋友見親戚已經等於佢係談婚論嫁嘅對象。兩個人拍拖，只要係認真嘅，拍得長，就點都有機會見到對方嘅家長，但係一大堆親戚就唔同講法。可能有啲人會覺得見家長係談婚論嫁嘅對象先得，又可能覺得做過愛已經等同要結婚，唔理個準則係點，每個人都會有一條覺得做咗就等同要結婚嘅紅線。

而我嗰條紅線，就係見親戚。

所以當我諗到我唔想晴晴見我啲親戚，其實就等於我唔想同佢結婚。

拍拖嘅終點只有兩個，唔係分就婚。

嗰刻，我就知同晴晴嘅結局。

長痛不如短痛，反正最後都係無好結果嘅，對大家最好嘅解決方法就係盡快分手。

「無論點你都係仆街架喇。」蠔哥解釋：「你諗吓你唔同佢分手，就晒人時間。但分手呢，佢又傷心架嗬。」

「兩邊都係屎，你可以揀舊無咁臭嘅嚟食囉。」雞腎話。

「講『兩害取其輕』得唔得架你？」我唔想食屎……

長痛不如短痛，最好係唔痛。

唔搞佢咪無事囉？依家又未痛到要面對吖嘛……

「但你遲早都要面對。」

「無謂浪費人青春啦。」蠔哥同雞腎一唱一和，但我就係下唔定決心講分手。

以下四個情況，第一個係我哋都好愛對方，咁就唔會有依家嘅問題。

第二係我愛晴晴，佢唔愛我。我唔知佢點諗，但我已經唔愛佢。依個情況都唔存在。

第三係我唔愛晴晴，佢仲好愛我。依個情況係做乜我都會傷佢心，結論，我係個仆街。

第四係大家唔愛對方，和平分手。

但要我察覺到個問題就即刻分手，我又做唔到。始終已經三年，我對佢點都有感情。我連著咗三年嘅底褲都唔捨得丟，唔好講丟低段感情啦。

同埋有問題，唔係應該去解決咩？我仲好記得細個睇無劇《鳳凰四重奏》唱完片頭曲有句對白好深刻：「只要你愛佢，就咩問題都可以解決到。」但如果我個問題，係已經唔愛佢呢？咁又解唔解決到？

係咪先唔好分開住，睇定啲先，話唔定之後我會重拾返當初嗰份感動？我哋又唔係成日嘈交嘅情侶，我唔討厭晴晴依個人。

「你等陣先，唔討厭、有好感、鍾意同愛，都好多個層次架喎。你夠唔討厭我啦，你會唔會同我一齊吖？」

「你有雞腎啦嘛。」同埋我鍾意女人。

「你唔討厭佢，只係你已經唔愛佢。」雞腎一語中的。

序章：交友 app

之後，當我同晴晴喺街上行，就發現我哋拖手已經不知不覺成為機械式嘅習慣咁。嗰日我心入面諗緊幾時、點樣同晴晴開口講我嘅想法。

唔知係我心理作用定點，晴晴嗰日有啲心不在焉。

結果照常食完晚餐，送佢搭車，點知送車尾，要等多十分鐘。

一陣尷尬嘅沉默之後，我都係鼓起咗勇氣，死就死啦。

「不如我哋分開吓。」

「吓？」

我打咗個突。

人生最諷刺嘅係，當你諗緊點同另一半開口講分手，竟然係佢同你講先。

我第一個反應，係鬆咗口氣。原來係第四種情況，我哋都唔再愛對方，咁就大家都唔會受傷。

「你唔覺得段關係好有問題咩？」

「……覺嘅……」

「你唔覺得我哋好唔夾咩？」

我點頭。

「我覺得……分手先係對我哋兩個最好嘅做法。」

「都係嘅……」

我見到晴晴對眼滲出眼淚，而我都不知不覺有啲眼紅。

原來就算唔愛嘅分手，都係會喊。

「我唔討厭你……我希望……我哋之後都可以係有兩句嘅朋友。」

我抹自己嘅眼淚，無幫佢抹，因為我已經唔係佢男朋友。

最後，我哋相擁，巴士到站。

「保重。」

「你都係。」

就咁結束咗三年感情，我亦回復單身。

同晴晴三年感情，我只係流咗幾滴眼淚。我以為自己會失眠，點知如常瞓著。

自從芯玥飛咗我之後，我拍過四次拖，頭三次我覺得無咩可惜，幾乎無喊過。第一個當我係人肉 ATM，我嘅功能就係被佢撲錢，到我頂唔順佢就同我分手。第二個有暴力傾向，好鍾意打人。我由細到大都學「唔好打女人」，無諗過自己會被女人打。佢癲起上嚟真係好得人驚，我成日覺得事不過三，郁我三次我就要斬纜。結果當然係分手收場。

其實郁手打人嘅伴侶，就算得一次都已經唔要得。

序章：交友 app

至於第三個就出軌，都唔係第一次戴綠帽架啦，所以接受到嘅。我以為見到佢同個姦夫嘅偷情對話會好嬲，點知又無。我以為自己會喊，都無。

嗰陣我成日問蠔哥雞腎，係咪經歷過芯玥單嘢之後，我已經唔再識愛人，先會無晒啲感情？佢哋都答唔出。

「未遇到下一個愛人之前，你實覺得自己唔會再愛架喎。」

所以個重點係下一個，而下一個就係晴晴。

我以為會得，點知都係唔得。

唔得，唯一嘅方法就係再試下一個。

不過我轉咗工之後公司都係啲嬸嬸，完全無目標。我個人又唔鍾意去酒吧蒲，本身都好鬼摺，會自己一個去戲院睇戲嗰種人，好難同人熟，好似貓咁。我又無擴闊過自己嘅社交圈子，朋友嚟嚟去去都係嗰五六班人，就算有女仔都係大家通唔到電，真係朋友嗰隻，所以無可能識到女仔。

我試過去游水，識咗班阿婆知道邊檔賣橙平。

我試過去教會，但總係同身邊嘅人格格不入。

我又試過去做義工植樹，識咗堆跟爸爸媽媽去嘅小妹妹……我唔想變十一哥被 FBI 爆門……

識新人唔可行啦，我後尾開始做啲我本身都唔會做嘅嘢，但個心都只係諗住識女仔，搞到自己放假時間都無得好好休息。

搵返舊同學？我有好感嘅都係得幾個，嗰幾個都已經有穩定關係。

有時緣份依家嘢，無就係無。

個天唔畀你，好似做乜都無用咁。

直到有一次中同聚會，六七個有男有女，我就循例講吓：「介紹吓女女嚟啦。」嗰啲嘢，其中一個朋友指住我嚟笑：「仲要人介紹？玩交友 app 好過啦！」

我六年前已經聽講過，不過一直都無用，一來過唔到自己嗰關，二來我個樣都應該過唔到人哋嗰關。講多個心底理由吖，芯玥係靚女嚟，唔使玩交友 apps 都大把人追嗰種，我成日覺得當我要用到 apps 去識女仔，我已經輸咗。

我唔想輸比芯玥。

我個人就係咁，諗唔通嗰陣有莫名奇妙嘅執著。所以一直都無接觸交友 apps。

依家心態已經唔同咗，無話咩放唔放得低喇。

好鍾意《不來也不去》入面嘅歌詞。

掌心因此多出一根刺，沒有刺痛便懶知。

我已經放低咗，再諗起芯玥都唔會痛同想喊，嗰陣成日覺得自己以後唔會再拍拖，結果咪又係拍多咗四次？

序章：交友 app

就當共你，有劇情沒有故事。

時間一耐，你就發現人生都係要過。作為一個曾經好想死嘅人，遇上有啲唔順嘅日子，比如坐巴士側邊係個大汗阿叔、比如落大雨無帶遮、比如被人炒魷魚就會諗：「唉，早知嗰陣死咗佢。人生好苦。」但到遇上啲順利嘅日子，例如好好太陽曬到啲衫好香、試到新嘅高質餐廳、喺街流鼻水嗰陣有路人畀張紙巾你，又會諗：「好彩嗰陣無死，都唔係咁差啫。」

所謂贏輸都係自己畀自己嘅無謂枷鎖，鑽牛角尖嗰陣幾細嘅事都諗唔通，放過自己就天落嚟都可以當被冚。

交友 app 試吓都無壞吖。

然後就出事。

我覺得個天係會考人，你以為自己放低咗咩？就整鑊傑嘅你嘆。我完全感受到上帝好似捉住我執頭髮壓我埋牆角：「放低咗？邊度放低咗呀？睇過？」無嘅，當係個考驗囉，但依個惡作劇好似玩得太大。

講返嗰陣，我本身對交友 apps 無特別反感，唔係自己睇唔開應該一早用咗。喺班中同嘅慫恿下終於 down 咗 T 仔、老銅（CWB）依啲最大路嘅交友 apps。

我兩位女同學就分別喺依兩個地方識到另一半，佢哋都相信上面有真愛。

「你認真啲打吓自我介紹嗰啲，最緊要比人睇到真正嘅你係點。」

「依家嘢我有經驗呀。」另一位男同學蘿蔔就用開交友 apps 食女，係咁教我攻略。

「男仔同女仔玩唔同架，你聽佢兩個講就死得啦，真咩正吖，揀張靚仔相好過！」

佢搶咗我手機好雀躍咁幫手。

「有無肌肉相？」無。

「有無動物相？」上次喺屋企拍死嗰隻甲甴。

「有無靚車相？」超級市場手推車……

「名牌呢？」蘋果囉……

「得喇，你放棄啦。」

蘿蔔係個典型高大有錢靚仔，同我依啲外貌普通嘅人差天共地，佢嘅嘢唔可以作準。

「你聽佢噏啦，如果你唔係鍾意操肌，唔係真心鍾意動物，就算被你吸引到女仔，你都要扮一個假人，就算拍到拖你都唔會開心囉。」老銅成功代表 Sami 叫我做返自己就得。

「依個世界咩都係講包裝架，你唔係女呀，女就求其有對波同鮑魚就日日幾十個人 like 你，幾時見過腸仔值錢過鮑魚架？你做返自己就等乞米啦。」可能我有啲好勝心，被蘿蔔睇死有啲唔甘心。佢係覺得我做自己溝唔到女，我就做自己溝女比佢睇！

T 仔可以話係交友 app 始祖，最多人用所以成功配對嘅機會比較大。

序章：交友 app

當然依啲係官方描述，實際玩落就唔係嗰回事啦。

我放好自己嘅相，一啲有氣氛嘅風景相，之後就到自我介紹。其實唔寫都得，但好似畀人了解吓我好啲。

不過作為典型山羊座，向來都好抗拒幫自己宣傳嗰啲嘢，今次有啲考起我。

嗯……不如寫吓我對伴侶嘅要求？我發覺自己對戇鳩妹係完全無抵抗力，特別係對啲成日笑，搞鬼得戚嘅女仔情有獨鍾。依個戇鳩唔係貶意，反而係可愛嘅一種。最緊要係聽得明我講啲無聊笑話。

講真吖，拍拖拍得耐咩都講晒啦，我會覺得起完家底，講完工作同日常生活之後，最緊要係可以周街見到乜都講吓鳩嘢，咁先唔會悶架嘛。唔好睇小戇鳩，要聽得明啲笑話都要個腦轉得夠快先得。

有時自我介紹其實都有助了解吓自己，諗返……原來晴晴係唔戇鳩，亦好少聽得明我啲笑話。

我無虛偽到認為淨係鳩就夠，樣都同樣重要。身材就無咩所謂，我以前一直以為自己鍾意大波，但芯玥就係個例外。

有過一次例外，你就知自己定嘅要求其實無乜意思。

我已經見過唔少朋友明明最憎人肥，最後個男朋友係肥仔；最憎人食煙，結果同個煙鏟妹一齊。

總有一個人，係例外。

開始玩交友 app，先發覺自己可以下一秒就對另一個人有好感。

一秒之內，左滑、右滑。

如果有個好專一嘅人，會唔會 like 咗一個女仔之後就唔再 like 下一個呢？

我諗幾專一都唔會做到。

無非誰不可。

上一秒我仲有留戀，下一秒我就忘記咗嗰個人咩樣。

原來忘記係咁容易。

起初玩 T 仔，我個人都幾期待，但係等咗三日都完全無回音。

老銅係每日中午十二點先畀人你揀，其他時間我得閒就去玩 T 仔。

一個月過去，配對總數……零。

我意思係真嘅人係零，騙子就多到數唔晒。嗰啲一嚟就話交換電話嘅，百份百係呃人。一個月入面，我學識咗大量騙術。金融保險地產加密貨幣減肥健身倫敦金，援交做雞賣相包裹寄失裸聊接客點數黨，美容偉哥中醫蛋白奶粉咖啡茶葉增高丸，可以遇到嘅騙徒我都遇晒咁滯，就係無一個正常人。

玩到好似我咁成個月都唔中一個，都算係曠世奇才，乜我真係咁差咩？

「睇吓你 like 過咩人？」Sami 向來好熱心幫人：「你眼角太高喇，like 親都係靚女，搵個正常少少嘅得唔得呀？有時唔係你差，係 like 你嗰啲你唔 like，咁咪無 match 囉！」

於是我嗰日就喺 T 仔、老銅入面有理無理全部都 like，咁實中喇啩？

序章：交友 app

唔好意思，都係無。

仲話咩做自己溝到女比蘿蔔睇，依家被佢知實笑到我面都黃……

玩多半個月，我開始覺得有相嘅交友 app 可能唔係咁啱我，就搵咗個匿名嘅嚟試吓玩，H 記。

H 記好簡單，揀男女，之後就改個對話室標題，你吸引到人嘅就有得傾偈。裡面仲有有好多術語，一開始都唔係好明，咩外協、車巴、SL 睇到我一頭霧水。

外協即係外貌協會，睇樣。

車巴即係有車嘅巴打。

SL 就 secret lover，大約係咁。

但我就無乜點理，簡單容易咁用「法國要識戇鳩妹唔係咁容易」做標題，無他嘅，我就係想吸引啲戇鳩嘅女仔同我吹下水。

估唔到又真係有人入嚟！

第一次配對成功！

咁當然唔係每次配對到就代表啱傾，有啲人係撳錯，有啲根本唔戇鳩，有啲就鳩點同我唔同。仲記得第一次被人 quit 嗰陣，真係幾唔開心。係咪我做錯乜嘢？搞到又糾結咗一排。之後到我都發現有啲人真係好唔啱而 quit，就開始明個遊戲點玩。嗰位話自己失戀好慘，然後其實自己出軌之後後悔，我聽完就走人。一來接受唔到出軌，二來更加接受唔到出軌之後將自己包裝成悲劇主角嘅人。

繼續配對，傾偈，慢慢摸清晒個生態。如果啱傾，就轉去 tg，通常會換相，換完啱就繼續傾，唔啱就拜拜。於是每日都處於拒絕人，同被拒絕嘅輪迴入面。

一開始被人拒絕，一定唔好受。但當我發現自己都有拒絕人哋嘅權利之後，心理就平衡返啲。嗰陣會怕自己真係條件太差，先被人拒絕。但當你識多咗人，就會真正明白咩叫鹹魚青菜各有所愛。

我記得有次個女仔想傾電話，打咗過去佢一聽我把聲話太沙好難聽好似基佬，收線之後就 quit 咗我。但另一個女仔就成日叫我錄音畀佢聽，話沙沙地好特別，好鍾意。所以並唔係我嘅特質有咩問題，而係好唔好彩可以撞中一個欣賞自己嘅人。

我接受唔到嘅外表同三觀，唔代表另一個男仔接受唔到。交友 app 雖然會令人面對更加多拒絕，但識得反過嚟諗，反而更有希望。因為唔係你有問題，只係未遇上一個欣賞你嘅人。

為咗遇上依個人，我就繼續玩，第二個星期已經識咗十幾個女仔。

可惜，仲係未遇到。

有啲人換相之後 quit，有啲唔啱傾，有啲突然消失，有啲話識咗另一個……而我亦進入玩交友 app 嘅第二個階段，樽頸期。

因為每日都會識新嘅女仔，然後又重新做一次識新人嘅流程，一日可能三四次，好快就會疲勞。啱啱開始玩交友 app 嗰陣係覺得幾有趣嘅，但每日咁樣重重複複重重複複重複又重複，真係會厭。

序章：交友 app

同埋會不停諗，仲要玩到幾時先會真係中一個啱架？

睇唔到終點嘅努力，令人洩氣同絕望。

睇返自己已經玩咗個半月，近依半個月其實已經如魚得水，識到嘅女仔都算多。

學《頭文字D》話齋，最緊要搵到自己嘅世界，拓海搵到賽車，我搵到I記。但識得愈多人就愈洩氣，原來搵個真係啱傾真係互相鍾意到可以拍拖嘅對象，真係唔係咁容易。

首先要佢咁岩見到我嘅標題，咁啱有興趣撳入嚟，互相傾偈之後發覺對方幾啱傾，可以傾到落去（尤其係知道原來戇鳩都分好多種），價值觀唔會相差太遠，先至轉去Tg傾，仲要換相覺得無問題，先到出街，可能出街發現唔係咁啱（比如真人同上鏡唔係同一個人、相機食先影到個飯凍都未滿意）又無下次。就算全部中晒，都可能被另一個人遲嚟先上岸，要人哋專注喺你身上都唔係咁易。

認知到依樣嘢，就更加覺得如果再有女朋友，一定要好好珍惜。

當你知道要同一個人相愛有幾難，就愈應該好好攬實身邊嘅人。

依家個問題係，我仲未有一個人可以攬實。

樽頸位點樣克服呢？就係唔好太重得失心，得咪得，唔得咪算。當係練習吓點同女仔傾偈，轉多啲個腦囉。

如果覺得開場白成日一樣，咪諗多幾款百貨應百客，自己都無咁悶。

如果啱傾，人哋覆機就傾落去。唔換相，拉長傾偈周期，當多個戇鳩朋友囉。

唔換相開盲盒嘅風險就係見面嗰吓可能會見到香港小姐嘅落選佳麗，但至少可以有機會出一日街。

為咗過濾嗰啲太唔得嘅女仔，我通常都會問下佢哋拍過幾多次拖，有三次以上應該都算係正常人，就相對放心啲見面。

暫時開過嘅盲盒都正正常常啦，無話特別靚特別差。

依個世界七成人都係普通樣，只係大家啱唔啱眼緣。

都係嗰句，我有好感嘅未必鍾意我，鍾意我嘅我又未必有好感。換相又好，出街開盲盒又好，其實都係一樣。

蘿蔔話我晒時間，一早睇樣，唔得就下一個算數啦。我就係唔想淨係睇樣咁膚淺吖嘛，總會有人真係同我好夾架喎。如果遇到依個人，可能佢正常樣我都接受到。但一開始換相，我見到佢個正常樣，覺得唔係好接受到，於是走咗無好好傾落去，我咪無咗個可能性？

對女仔嚟講都係一樣，我發覺唔係好多女仔好重視外貌，你同佢傾得愈耐，佢接受你嘅可能性就愈大。

慢慢，我就習慣咗唔換相，玩開盲盒，見面先知對方咩樣，仲刺激。

大概第三個禮拜開始，我已經突破咗樽頸位，得閒就入去睇吓，有人就傾吓偈。

唔會再有強烈嘅得失心，覺得一定要識到女朋友。

只係當識多咗幾個可以隨便講心事同秘密嘅朋友。同陌生人講心事係最好，因為佢同我生活圈子無交集。

如果想同人齋傾心事，都可以喺IG記打返「樹窿」，真係有人會聽你講。

序章：交友 app

不過想溝女或者識新朋友就最好唔好放咁多負能量，適當發洩係需要嘅，但太負真係會嚇親人。

出奇嘅係，聽我啲社工朋友講，原來佢哋都有玩，算係工作一部分嚟，就係睇吓入面有無人太負就同佢哋傾吓偈咁。

有心栽花花不開，無心插柳柳成蔭。

當你個人輕鬆落嚟，唔再咁在意交友 app 嘅事，往往就係真正識到「嗰個人」嘅先兆。

講緊真係唔在意，唔係扮喎。

總之嗰個狀態係得自己知，亦往往係拍拖之前最身心舒暢嘅時候。

嗰日放晏奏飯，循例拎個電話出嚟睇吓連登，覆咗 tg 三位潛在對象之後就入 H 記。

入到去，見到有個人想加入聊天室。

佢個標題係「百變怪真係好得意」。

一個鍾意百變怪嘅女仔，正啦，我都鍾意百變怪，貪佢個樣夠戇鳩。

百變怪唔係單純嘅可愛，貓貓狗狗可以叫做可愛但唔可以叫戇鳩，百變怪嘅可愛係包含咗戇鳩屬性喺入面。

大家可以欣賞吓佢喺主題曲入面嘅英姿。

見到有人同我鍾意同一樣嘢，好自然就接受佢入嚟。

而我個標題仲係「法國要識戇鳩妹唔係咁容易」。

「試吓喺香港識囉。」

當時我唔知道依個女仔，原來就係芯玥。

序章：交友app

如果愛可以變成唔愛，咁所有愛情咪好悲觀？

因為做咩都無用，唔愛就係唔愛

其實係架

所以我哋做到嘅嘢，就只係愛緊嗰陣盡全力珍惜，盡全力去愛

第一章：城繩與阿琴

第一章：城繩與阿琴

「唔係咁易架葉師傅。」

「不如入佢中路？」依個女仔有啲料到喎。

「好嘢喎，唔係咁多人接到落去。」

「本身鍾意睇戲，咁啱睇過啫。你鍾意贛鳩妹？」

「我鍾意贛鳩仔。」

「失敬失敬，原來係姐妹。」

「我係仔。」

「我知你係仔，我意思係鍾意男仔。」

「it's a粥。」

「我今朝早餐真係食joke。」

就係咁無聊嘅對話，但又令人覺得好舒服。

「贛鳩都分好多種架喎，人都分黑人白人亞洲人咁，樣樣都鍾意？」估唔到佢同我嘅諗法一樣。

「至少要傾到計，互相講嘅贛鳩嘢可以接到落去囉。」

「暫時我同你都傾到嘅。」

「好難得啦。同埋我都鍾意百變怪。」

「真？咁啱嘅。」

「真，鍾意咗好耐。」

「我本身唔係咁鍾意架，以前有個 ex 好鍾意百變怪，初頭覺得隻嘢無乜特別，後尾先發覺佢個鳩樣幾過癮，就真係鍾意咗佢。」

「係呀！佢最正係個鳩樣！」

「唔係單純可愛，而係戇鳩！」講埋我嗰句。

「唔樣隻隻嘢都可以叫戇鳩，所以好罕見。」

「佢依家愈出愈多囉，以前唔係度度有。」

我人生第一隻百變怪公仔，係去日本嗰陣買嘅毛公仔。當年仲未有太多人鍾意佢，任天堂亦未睇得出佢嘅潛力，所以淨係得幾個款揀。御三家嘅車厘龜、小火龍、奇異種子同比卡超，我揀咗比卡超。

第二個係扭蛋嚟，上鏈之後佢會行，都係百變怪變嘅比卡超。嗰陣同芯玥行街，喺觀塘 Apm 嗰條擺滿扭蛋嘅隧道，本身我無乜留意，係佢話：「睇吓有咩扭先！」之後逐個睇，先發現一個專扭比卡超嘅機。

我個戇鳩雷達即刻開機，個系列有五隻比卡超，加一隻戇鳩版比卡超。

「有喎！」我同芯玥同時指向嗰隻特別版。

「嘩，你咁興奮做咩，你又唔鍾意嘅。」

「你鍾意吖嘛！我扭比你！」

「六隻先得一隻係，部機仲咁多蛋，邊會扭中吖，唔好晒錢啦。」

第一章：城繩與阿琴

「唔會架！我一扭就會中！」

「無可能。」

「你信唔信先？信就中架喇！」

「本身唔信，見係你就信吓啦。」

「乖喇！」芯玥去嘟八達通：「睇我表演啦。」佢扭咗幾吓，拎粒蛋出嚟畀我開，我就一直都半信半疑，直到打開嗰吓，真係特別版。

「唔係啩？」

「哈哈！都話啦！送畀你嘅！」

以前同晴晴一齊，我故意無諗返芯玥嘅事，嗰陣以為自己放低咗，估唔到依家回憶又湧現。每次諗返以前，都覺得自己好無用。點解仲會諗起架？都過咗咁多年啦。明知諗起無用，但就係會不期然諗起嗰陣嘅事。

依幾年我嘅心境已經轉咗好多，專注喺啲我解決到嘅問題上面，解決唔到嘅事諗嚟都無意思吖係咪？

「想同返芯玥一齊」、「想返去以前」係解決唔到嘅問題，我都好清楚。

偏偏就係仲會諗起。

「係呢，你A幾？」我故意岔開話題，費事自己又沉浸喺過去。

依家係個新嘅機會呀，有個啱傾有好感嘅對象，諗下點溝佢好過啦！

「都 A5 喇，你呢？」A 即係 available，單身。O 就 occupied，又名「人哋」，即係人哋男朋友或女朋友。

即係依個女仔單身，拍過五次拖。佢應該係個正常女仔，可以放心同佢傾偈。

「A8 啦。」要正經交換資訊嘅時候都要正經吓嘅。

「你實係 fuckboy 嚟！」

「係，我叫張天賦。」

「在我海綿下體找你～」

「你有海綿體？」

「女人唔可以有海綿體？」

「你真係有定假呀？Elliot Page ？」

「假！人體有 70% 係水，我有 90% 係鳩噏！」

「以後只信你一成。」

「咁你會雙目失明。」

「或者變郭富城。」

「咁我以後叫你城繩。常姐撚，撚軚能。」

「嗰個係古天樂……」

「鳩噏 ing」

第一章：城繩與阿琴

「你似真係唔識分郭富城同古天樂。」

「我識囉！國貨城同今期流行吖嘛！」

「OK 暫時信你。咁我點叫你好呀？」

「椎名林檎。」

「笑死，咁我叫你蘋果啦。」

「叫阿檎囉。」

「你好阿琴。」

「你好城繩。同你都幾啱傾，比你做住我朋友先啦。」

「謝主隆恩。」

「你可以退下喇，本王要返工了！」

「嗱！」

依段就係我同阿琴第一日識嘅對話。由一開始我已經對佢有啲好感，但都無特別著重依個人，始終交友 app 成日都講完再見就無再見，真係有得繼續傾落去先再諗啦。

雖然我內心有股莫名奇妙嘅興奮，但就無同身邊嘅人透露，費事溝唔到嗰陣面懞懞。

晏晝飯時間完咗之後就繼續返工，開始覺得自己有返啲動力。

我故意同自己講唔好咁在意，專心返工，放工先再睇佢有無搵我。佢未搵嘅，我睇幾多次手機都唔會增加佢搵我嘅機會瘁架啦。

如常返工，放工。

「嘩金仔，係咪有好事發生呀？」同事霞姨八卦咁撞吓我膊頭。

「點解咁問先？」

「你個樣有啲唔同咗囉，點講呢……氣場！氣場唔同咗！」霞姨係辦公室入面常見嘅神婆，幫同事占卜同賣吓水晶算係副業，有時就會分享吓啲靈異故事，有依種人存在返工就唔會太悶。

「咁個氣場點唔同法先？」

霞姨望吓我天靈蓋上方：「有少少粉紅色喎，應該就快有蜜運。中唔中呀？」

「中啲唔中啲咁啦。」

「要唔要占下卜呀？」

我個人唔算極迷信，但都會玩吓參考吓。

「嚟囉，聽日請你食 lunch 囉。」

霞姐即刻拎道具出嚟，放啲塔羅牌喺枱上面，好似洗麻雀咁洗好，之後叫我喺入面揀三隻出嚟。

「抽第一張諗住佢，第二張諗自己，第三張就你哋嘅將來。」久唔久同霞姨玩，都大約知塔羅牌嘅規則，比如咩正位逆位咁，但幅圖點解就要由佢話比我聽。

「睇過……第一張，正位圓盤二，二依個數字有三種可能性，互相吸引互相排斥或者做選擇。你哋應該係互相吸引嘅，但一唔一齊到，選擇權就喺佢度喇。」

即係我會被阿琴食住？

「第二張，寶劍三逆位……咁奇怪？佢傷過你心架喎。」

「我唔識佢架喎。」

「咁呀……你當聽吓囉。三代表確立咗一啲初步關係，你好努力想忘記之前段感情對你嘅傷害，你可以選擇放手。」

「唔係啩，都未正式一齊就叫我放手。」

「咁張牌係咁講吖嘛，我代言嚟架咋。」

「下話？咁最後一張呢？」

翻開最後一張，死神。

「唉，死神仲要正位，咁唔使你講我都知咩事啦。」見到隻死神即刻頹咗。

「你聽埋我講先啦。」

「唔聽唔聽，我就係啲啲睇星座讚自己就話準，踩自己就當 bullshit 嘅人，你唔使解啦我有眼睇架嘛。」

「咁你睇吓最後結果係點囉。」

「占卜結果就唔慌會好喇，不過我信人定勝天嘅。」

「都係好事嚟嘅，可能唔準呢？第二張話個女仔傷過你心，我都覺得怪怪地。」

「咁聽日嗰餐唔請你喇！」

「正衰仔嚟。」咁打打鬧鬧又放工。

嗰晚阿琴一直無搵我，理由唔深究啦，一個識咗唔夠十五分鐘嘅人，唔通期望佢掛住你咩。我又去エ記睇吓識唔識到新人，之後再覆返本身識落嗰三個對象。

「咁你唔試吓整蛋糕？」某位對象嘅最後一句說話挑起咗我條筋。

「唔係咁易架葉師傅。」

「吓？唔明。」

「無睇葉問二？」

「無喎，講咩架？」

「Ipman，講個有超能力嘅 it 狗 check 人 ip。」不自覺又開始鳩噏。

「無興趣。」

可能真係沒有比較就沒有傷害，傾完依幾句我都對佢無晒興趣。始終戇鳩唔係個個接受到，接受到已經係少數，何況一個可以同你用鳩噏對答如流嘅人？其實緣份都幾奇妙，原來得我一個睇過葉問係唔夠，阿琴無睇過的話就唔可能同我對答到。

我收好手機，如常食晚餐，玩健身環大冒險。回復單身就要注意自己體型，之前嗰三年同晴晴食飯都係叫兩份，佢食零點五份我食一份半，唔經唔覺都肥咗好多。

第一章：城繩與阿琴

做完運動就沖涼。

叮。

啱啱沖完就收到個通知，身都未抹乾淨就即刻望吓係咪阿琴搵我。依種緊張，初戀之後好似都無再感受過。有人搵自己而心跳加速，確定係咪嗰個人之前嘅忐忑，都係最珍貴嘅刹那。

有時嗰啲瞬間，一世人可能得一次。如果有幸再次感受到，就更加要珍惜。

「攰死。」

真係阿琴！

「返地盤？」

「唔係囉，唔係返工呀，相睇呀。」見到「相睇」兩隻字，我即刻怯一怯。

「你有得相睇仲使乜玩交友 app 呀？」

「我唔想去囉，勁煩。屋企人逼我去，咩年代呀仲相睇。」

「你對個對象唔係好滿意咁喎。」

「梗係唔滿意啦，本身都係應酬吓屋企人之嘛。今日嗰個仲成個楊明咁。」

「起碼有啲燉湯鋪吖。」

「執晒啦有鬼用咩。跟住又高談闊論啲咩香港繁榮穩定，見到都唔開胃。」

「咁唔好諗佢啦，諗我啦。」

「真喎，頭先佢喺度發表偉論嗰陣，真係有諗起同你鳩噏，舒服好多。」估唔到佢都有諗起我。

「鳩噏最緊要明對方講乜同舒服啫。」

「同意。佢仲煩緊我囉，一早叫咗兩老唔好亂畀我電話人架啦！」

「冷靜冷靜。」

「佢哋次次都係咁，我已經唔係第一次換電話號碼……」

「煩得咁誇張？」

「你實係唔知撞著個變態可以有幾煩。」

「唔知喎，通常我係煩到人移民嗰個。」

「哈哈！勁誇張喎！我笑咗出聲。」

「笑吓咪好囉。」

唔知電話對面嘅佢，用咩表情望住個芒呢？

「今日成日都無笑過，你好嘢呀，整笑我。」

「好事吖，男人最成功就係令女人淨係發出兩種聲音。」

「笑聲。仲有呢？」

「叫聲。」

「打爆你！」

第一章：城繩與阿琴

「唔講喇，我聽日返早。」

「好啦，我都沖涼喇。」

「早抖。」

「你都係，晚安。」

同阿琴傾完偈，我就好安心咁瞓覺。

嗰晚我發咗個夢，夢入面我同一個女仔好開心咁喺海濱公園散步。喺夢中我係睇到個女仔咩樣，但醒返就唔記得咗。好耐都無試過發好夢。依六年以嚟，發好夢嘅機會好少，就算有都係升職加人工或者打實老細，無幾可會同愛情有關。

對上嗰次同愛情有關嘅夢，係見到芯玥同我一齊上堂。我見到佢，但佢見唔到我。上完堂，佢執嘢離開課室，而我就追上去。追到去拍佢膊頭，佢轉身嘅時候，我就醒咗。

依日我起身第一件事就係望吓電話，見到無人搵就頹咗少少。我一路提醒自己，交友 app 就係咁，大家隨時都可以走，依個係事實。

只係我唔太想同阿琴就咁無下文。

每每覺得自己太過著緊，我就提醒自己抽離。

溝女最大鑊就係以為啱傾，對方肯同你傾兩句就當人係女朋友，就去 chur 人。男人係自作多情嘅動物，你以為人哋同你吹水就代表有機會？君不見年中幾多個本身傾偈好哋哋，開始自動報備早晨晚安、噓寒問暖之後就俾人冷淡對待嘅男仔。佢哋見女方冷淡咗，就更加煩，以為搵多幾次人哋就會覆，擅自講埋咩「你之前唔係咁」，只會令人更反感。

阿琴同我傾偈可能都只係打發緊時間。

男人嘅好感一撻就著，女人嘅好感係慢慢升溫。有時溝女成唔成功都係靠控制自己，唔好逼人唔好煩人唔好做變態。而如果感覺到對方真係無興趣，最好就識趣自己淡出。

還願我懂下台的美麗，鞠躬了就退位，起碼得到敬禮。

咁當然啦，唔係完全咩都唔做嘅，切忌煩同轟炸啫。溝通係雙向，你一句我一句架嘛，唔係一次過爆十句比人等人回架嘛。

我見未諗到開咩話題，一動不如一靜，夾硬講嘢盞奇奇怪怪，就乖乖哋放低電話，喺巴士補眠，直到返公司。

我返嘅公司係間初創小型公司嚟，基本上交到貨之後就好自由。工廈大單位，老闆同佢老婆仲前舖後居，養咗兩隻貓。一隻叫辛巴一隻叫娜娜，取自《獅子王》。我哋成班同事周不時都會幫手倒下糧斟吓水畀佢哋。

至於辛巴同娜娜會寵幸我哋邊個奴才呢？就睇吓邊個好彩。

而我返到去坐低無耐，娜娜就跳上我大髀，個頭係咁撞我隻手。我就將依個場面拍低咗。本身諗住同阿琴講，點知入到 IG 記先記起無得腥片。

第一章：城繩與阿琴

無法啦，唯有文字直播：「我做唔到嘢了。」

腥完出去我就專心撚貓，有小動物喺度嗰陣啲時間總係過得好快。

之前都有同事帶過狗同自己啲仔女返公司玩同開 party，我比較鍾意依種工作氣氛。

不過返工鐵三角就係咁，老細、同事、人工永遠無三者並存。老細同事好，人工自然低。

咁工作上總會有意見不合同拗撬嘅時候，不過平常大家都相處融洽就夠啦。

我個人唔係太睇重錢，輕輕鬆鬆返工最緊要。

就放飯，阿琴就覆我。

「我唔會養你架！」之後又問：「整親定點？」

「要你養就大鑊啦！唔係整親，公司隻貓跳咗上我度，成個上晝都撚貓。」

「咁好有貓貓！我都鍾意貓！」

「老細喺公司住，養落兩隻。可惜依度腥唔到片。」

「哈，咁樣乘機拎我 tg？」佢雖然鳩但絕對係聰明女嚟。

「你比 ig 都得架。」

「tg 啦，我無用 ig 同 fb 嗰啲好耐。」

只係識咗兩日，就交換咗 tg。

「halo 城繩。」

佢主動加我，佢 tg 名係 hahahahahahaha，唔知點解見到就想笑。

我就即刻腥娜娜嗲我嘅片畀阿琴睇。娜娜用個頭係咁撞我隻手要摸摸。佢係我老細個老細，我梗係唔敢怠慢主子，係咁搲佢下巴。

「佢個樣好冧！你就好啦，返工嗰度有貓。」

「你返工無架咩？」

「正常都唔會有！」

「你返咩先？」順利引入去了解吓佢嘅問題。

「我教小朋友架。」應該係幼稚園老師或者學前班嗰啲，正當職業非常好。

「玩佢哋？」

「佢哋玩我就有份。」

「小朋友鍾意你先玩你啫，唔係連同你玩都費事啦。」

「你又啱喎。」

「唔怪得你玩交友 app 啦。」

「你又參詳到啲咩呀大師？」

「通常玩交友 app 都係返工環境識唔到男仔，護士空姐同幼稚園老師比例上比較多。」

「真喎。我除咗啲家長爸爸就無見過成年男人。本身都唔打算玩架，同事介紹之後手多幫我下載，我好少上。」

「咁都識到，我哋都算有緣。」我就相反成日上。

「平日都幾十個邀請好鬼煩，我就偏偏唔鍾意接受，淨係鍾意自己搵有興趣嘅標題入去。」

「你對我個標題有興趣，仲接到落去嗰吓好嘢。」

「我就係想輕輕鬆鬆搵人鳩噏吓。蘇花你個人都正正常常，咪繼續傾。」

「係呀！交友 app 真係不正常人類研究中心嚟！」

「你都遇過？我以為淨係女仔先會遇到痴線佬變態佬咋嗎。」

「少年你太年輕了，痴線係唔分國籍同男女架。」

「咁一人分享一個？」

我同阿琴分享咗一個特別奇怪嘅女人，好鍾意腥鮑魚相比人睇。

「你執到啦有得睇鮑魚。」

「所以唔係淨係女仔會收到的辟。重點係我叫佢咪再腥嚟，佢仲鬧返我轉頭。」

係男人都鍾意睇架啦，你扮乜嘢清高啫，有得你睇就睇啦。

「佢估唔到撞著你依個唔鍾意睇嘅。」

「可能啲鍾意周圍腥的辟嘅男仔會啱佢囉。」

「我都想問點解你哋男人咁鍾意周圍腥自己下面畀人睇。」依個係每個玩交友 app 嘅女仔都會遇過嘅情況。

「你真係要問嗰班人喇，我就無嘅。」

「認真，本身有好感見到都會即走囉。講明搵 sp 同傾甜的話我都理解，佢哋個腦係邊忽短路先會覺得識個新嘅異性朋友要腥巨龍比人睇？」

「可能想畀人睇佢個樣。」

「笑咗，嗰啲又真係撚樣嚟嘅。」

「你積積埋埋都好多怨氣喎。」

「梗係啦，腥下面之外仲有好多嘢架，一日幾十個訊息轟炸，之後話我臭雞都好多囉，我返緊工架嘛，廿四小時秒回你咩？」之後阿琴就腥咗張對話圖畀我。

「早晨。」時間係朝早七點半。

「做緊咩？」

「食飯未？」

「返緊工？」

「應吓我好喎。」

「係咪有心傾架。」

「喺咪到？」

「屌你單剔。」

第一章：城繩與阿琴

「上線未呀？」

「咪吊高嚟賣啦。」

「臭雞肯覆機未？」

原來真係有人咁講嘢。

「我本身對佢有啲好感，一放飯見到咁樣炸我法，我就即刻走。」

唔經唔覺傾傾吓又食完飯，要返公司，成個上晝都無乜生產力，我決定下晝要追返啲進度。真係快活不知時日過。當你同一個人啱傾，過得開心，就覺得啲時間過得特別快。

對上一次有咁嘅感覺，已經係同芯玥拍拖嘅時候。

細個睇王家衛嘅戲會瞓著，唔知佢講乜，直到同芯玥分開咗，走去睇返王家衛，就睇到係咁喊。仲好記得《春光乍洩》入面話：「唔知點解，嗰年嘅夏天過得好快。」

同芯玥一齊嗰個夏天，真係過得好快。

我算係個本身都好鍾意睇戲嘅人。以前同晴晴拍拖，都有諗過將來，話如果真係要喺香港買樓，最緊要附近有泳池同戲院，我就心足。而睇完《春光乍洩》好自然就會睇埋王家衛嘅其他電影。

我有諗過，可能王生都有過一段喺夏天嘅情，一段好純粹嘅快樂。

因為睇到《2046》同樣都有另一個快樂嘅夏天。

「嗰年夏天，係我有生以嚟最開心嘅一個。可惜，太短喇。」

有啲戲，唔係受過傷睇就睇唔明。有啲電影就係講得出嗰種淡淡嘅無奈同遺憾，嗰種無咗就係無咗嘅感覺。王家衛嘅戲如是，《麥兜：菠蘿油王子》如是。麥炳失去咗個王國，自白：「但事實係我唔甘心呀，我亦都唔能夠忘記，我唔能夠無聲無息，踏入黑夜。於是玉蓮我走喇，去搵返我上半生失去嘅嘢。」麥炳想返去以前唔知邊度，麥太想去未來唔知邊度，得麥兜一個留喺「而家」。

甚至連《終局之戰》入面，一班超級英雄都放唔低消失咗嗰五年，我只係個凡人又點放得低？

每每諗返嗰個夏天就忍唔住唞啖氣。我同自己講：「依家諗起無喊，已經好叻。」而且我依家真係遇到個夾嘅戇鳩妹，話唔定今次成事之後就可以正正式式忘記芯玥呢？

我無回到阿琴最後一句，等放工先繼續傾。

「好彩我無煩你。」本身應該即刻回嘅說話，我到咗放工先接返個話題。

「你都幾特別，又無煩我，又無問我拎相，又夠鳩。」佢都係放工時間先回我。

「我鍾意開盲盒。你都拍過五次拖啦，唔會差得去邊嘅，同埋每次換完相之後傾偈都好似好尷尬咁。」

「我無同人換過相，啲人一問我拎相我就覺得佢哋淨係睇樣好膚淺。」

「我以前都睇樣，後尾就睇啱唔啱傾先，原來樣靚唔啱傾最後係會散。當然唔會假到話自己唔睇樣，但啱傾加合眼緣好過超靚唔啱傾。」

「有少少深度喎。你的 ex 好靚？」

「靚架。但當我 ATM 啦、打我啦、出軌啦……唔係話靚女無本心，我咁啱遇錯人啫。對上嗰個就好好，但最後都分手。」

「你都有啲故事喎。」

「廿幾歲人無番啲故事，人生咪好悶？」

「咁上一個點解分手？」

「好多嘢唔夾囉。」

「咁一開始又一齊？你實係貪人靚女！」

依個問題我真係諗咗諗，唔係平時咁即刻答到。喺我同芯玥分咗手後嘅六年，前三個女朋友都對我好差。唯一真正對我好嗰個，就係晴晴。晴晴本身對我有啲好感，知道我過去之後更加愛心爆棚，話我好可憐。之後有啲女仔專屬攻勢啦，整愛心飯盒同織咗條頸巾比我。

女追男隔重紗，再加上佢一句：「我唔會好似你啲 ex 咁對你架。」打中晒我個心，我哋好快就一齊咗。愛情真係好奇妙，當感覺無咗，去到分手同分手之後，我哋甚至會忘記當初點解愛上依個人。

其實晴晴都幾好，只係我已經唔愛佢。

「因為佢對我真係好好。」

「老老實實，你放低咗佢未架？」

「放低咗啦，本身就已經發現唔愛佢，準備分手架喇。」

「放低咗就得啦！忘記過去，放眼未來！」

我鍾意阿琴嘅樂觀，佢依句好似真係有種令人忘記過去，放眼未來嘅能量。

「咁你呢？你又放低咗未？」

「無乜嘢，因為本身都好平淡。」

「平淡是福。」

「完全無激情喎，我真係唔得囉。本身已經傾緊結婚。」

「你都幾絕喎。」

「佢係咁多個男朋友入面最有錢嗰個，但份人又悶又無腦。」

「好少聽女仔唔滿意條仔有錢架喎。有錢成點架？」

「啲跑車齊晒唔同色用嚟襯衫，屋企每人都有隻同佢哋一樣名嘅遊艇，每人都幾層樓、工廈同鋪位收租咁囉。」

點解香港咁多有錢人，而最窮嗰班喺晒我身邊架？

「跑車襯衫勁誇張喎。但你嫁入豪門人哋父母得咩？通常依啲阿爸阿媽都好麻煩，有無畀說話你聽？」

「無喎，佢哋好鍾意我㖭，因為我有幫手打理佢哋啲鋪頭，覺得我仲叻過自己個仔，有我同佢一齊先安心。」

「我都係第一次聽到咁開明嘅有錢家長。」

第一章：城繩與阿琴

「我一開頭都好驚，相處落就無嘢。佢哋話我難得唔貪佢個仔啲錢，又打理得鋪頭好好，主動畀每個月十萬我做零用錢。」

「原來你都係富婆嚟！」

「唔係囉。我一毫子都無拎過。」

真係有人唔拜金。十萬呀！大姐！不過聽完反而對佢更加有好感。

「你好到有啲夢幻，有錢都唔拎。」

「我覺得拎咗就好似我做嘅嘢就係為咗拎錢咁。我由頭到尾都無諗過拎錢，只係睇唔順眼佢搞生意搞到一鑊泡咁，先去幫佢手。」

「唔怪得佢屋企人咁鍾意你啦。」

「佢都好鍾意我，唔係都唔會求婚。」

「你又應承喎。」

「第一個反應無得戹人，嗰吓我唔係開心到喊，係呆咗一呆，之後群眾壓力之下我又唔想佢無面，先岌頭。」

「咁你又同佢一齊？同一個問題反彈返畀你！」

「小學雞！同你一樣囉，佢對我好。」

「我哋個 ex 係咪同一個人嚟？」

「都話你係基架啦！」

「唔畀你係 Les 架咩！」

「可以無啦啦又轉咗鳩噏模式。」

「咪係，你又接到落去喎。佢對你點好法呀？」

「第一次出街，佢知我鍾意飲黑麥汁，周圍問餐廳有無。明明約咗旺角，因為佢本身喺旺角開會，佢知荃灣有間餐廳有賣，特登揸車去荃灣買，買完先見我。」

見到「黑麥汁」三隻字，我嘅回憶又泛濫。

「好少人會鍾意黑麥汁架喎。」

「你知咩嚟？好少人知架喎！」

「知呀！我喺台灣飲過。」

「我都係！」

當年我同芯玥唯一一次去旅行，就係去台灣，我哋懷住「一齊中伏」嘅心態試飲，點知隻味出奇地特別，我哋都好鍾意。

我盡快扯開話題，唔好諗唔好諗：「仲有無？有無喺時代廣場租個大芒同你表白咁呀？」

「咁又無。仲有一次係無啦啦送咗九十九枝藍玫瑰畀我囉。」

「當你蜜蜂？」

「頂你，係都蝴蝶啦！」

第一章：城繩與阿琴

「佢對你都真係好好嗰，但你之後就分手，連婚都唔結。你斬纜都算斬得快。」

「我不嬲都係咁，一諗清楚就做決定。當你唔再愛一個人，要做決定係好容易。」

「你係第二日瞓醒就決定分手？」

「又無咁快，都諗咗一段時間。會諗係咪依個人呢？真係同佢結婚？我忍唔忍受到一齊嘅時間得閒鋪，返到屋企攰到即刻瞓嘅日子？係衣食無憂呀，但唔開心，有幾多錢又有咩用？」

我曾經聽過一個講法，話人喺物質上可以得到嘅滿足感係有極限。當你可以買一億嘅袋，其實同幾千萬嘅袋係無乜分別。當你食緊一千萬嘅鮑魚，其實同食幾百萬嗰隻無乜分別。只係一般人未去到嗰個境界，所以總係幻想愈貴愈好。有時甚至貴不如平。

學周潤發話齋，嗰的品牌贊助係件件都好貴呀，但無一件舒服嘅，佢自己喺女人街買嗰啲衫仲正。而因為人類喺物質上嘅滿足感係有極限，精神上嘅滿足感就無限，所以一個滿足咗物慾嘅人先會有精神上嘅追求。

「而且一直最困擾我嘅，都係我見到佢求婚嗰一吓，我嘅第一個反應。如果我唔係真心開心答應，咁其實已經有答案。」

「咁分手佢就咁接受咗？」

「唔係啦，做咗好多嘢想我唔好分手架，話佢好愛我，唔可以無咗我。仲送咗隻刻咗我個名嘅遊艇畀我，我無要到。佢無咗我唔得，但我唔係。佢仲愛我，但我已經唔愛佢。」

一字記之曰：「愛。」講到最尾都係愛唔愛嘅問題。

「但如果愛可以變成唔愛，咁所有愛情咪好悲觀？因為做咩都無用，唔愛就係唔愛。」

「其實係架。所以我哋做到嘅嘢，就只係愛緊嗰陣盡全力去珍惜，盡全力去愛。」

非常悲觀，但又樂觀嘅愛情觀。係好矛盾，但現實同人生就係咁矛盾。因為我哋唔會知聽日，我哋嘅愛人甚至我哋自己係咪就會失去愛嘅感覺，所以就更加應該珍惜今日，依個我仍然愛你，你仍然愛我嘅瞬間。

一望時間，已經夠鐘瞓覺，估唔到同阿琴傾咗咁耐。

「估唔到同你咁快可以傾得咁深入。」講緊我哋只係識咗三日都未夠。

「我都有啲嚇親，估唔到同你講咁多。」

「好似同你識咗好耐咁。」

「我都有依種感覺。」

「我聽過話，如果你同一個人好夾，一見如故，咁你哋上一世一定有啲關係。」

「個喇嘛話我聽我前世係張凳嚟架。」我又笑咗。

「咁我應該係凳腳上面嗰粒膠的。」

「有啲料到喎，有睇子華神。」

「一定啦，每個棟篤笑我都煲十幾次架。」

第一章：城繩與阿琴

尤其每次分手，我就會睇嚟笑吓，等自己開心返少少。

「咁我唔會同你食魚蛋！」

「係呀，我會叫老細攞走你嗰兩粒。」

「咁我會奶走你啲甜醬！」

「大家一齊食到好仆街咁囉！」

「哈哈哈！」

開開心心又一日。

適逢放假，我就膽粗粗想約阿琴出嚟。

「今日得唔得閒？要唔要即興開盲盒？」嗰陣大概係十點幾，放假日子。阿琴返工嘅回覆時間我大概知道，總之返工前、食晏同放工佢就會回我。

唔知假期佢又會幾時覆呢？

我照常煮早餐，專為減肥而設嘅兩粒蛋。特登無留意電話有無震，總之就做完自己嘢先再睇。

半個鐘頭過去，阿琴都未覆。可能未醒啦，咁啱另外兩個仲傾緊嘅對象之中有一個想約我，我就同咗佢出街。

唔試過點知佢啱唔啱自己呢？而且我都想抽離吓，唔想將所有精神投放晒喺阿琴身上。講到尾，我吔咩關係都唔係，只係好啱傾嘅一對戇鳩朋友。

當然啦，真係同佢阿琴一齊我就會 del app，亦唔會再同其他女仔出街。交友 app 就係咁，佢嘅出現容許咗人同時有好多關係，至於最後專唔專一只係個人選擇。

蘿蔔就係食幾多女都唔會專一嘅人，但佢明碼實價講清楚，大家都係為拍散拖同搞嘢，大家都好來好去，唔會有人受傷。佢話自己係真小人：「點都好過話會專一，轉個頭又繼續食女嘅偽君子。」講咗唔玩仲去玩，就係講大話嘅問題。

嗰日約咗個女仔去行海濱市集，係佢提議，話有台灣同泰國夜市嘅感覺。咁結果去到就係一個五分鐘行得完，好似小學開放日咁嘅攤位檔口。佢話睇鳩假期推介過嚟，我哋見到個環境都笑咗。

依位女仔叫菲菲，係玩 app 早期就識落，一直有傾偈，又係個戇鳩妹嚟。菲菲比較矮，眼大大咁，算係幾靚嘅女仔，整體似涼森玲夢，所以見面嗰陣我都有啲驚訝。成日話 H 記得自大肥婆嘅，只係未遇過正常嘅女仔，仲會周圍唱嘅，依啲人本身性格都有問題。

我同菲菲都算啱傾，行完個市集仲各自買咗塊冰菠蘿一齊咬。

「你都真係我見嘅人入面數一數二正常嘅男仔。」

我哋咬住冰菠蘿坐喺海旁，吹住風好舒服。

「玩交友 app 做個正常人已經贏咗八成對手架喇。」

「係囉，都唔明點解咁多變態嘅。」

第一章：城繩與阿琴

「你靚吖嘛。」

「你把口真係呢！成日咁溝女？」

「講事實啫。其實以你嘅質素應該唔愁無仔溝吖？」

「工作環境識唔到仔吖嘛。」

「咁你玩有相嘅交友 app 實識到啦，一定個個見到你個樣就狗衝。」如果淨係睇樣，我都會對菲菲心動，不過佢嘅戇鳩有時會偏傻，未必明我講緊乜，依點阿琴就比佢優勝。

「所以咪多變態囉。」

「總有正常人嘅下話？」

菲菲望吓半空，舉起纖幼嘅手指數數：「唔……計埋你就五個左右啦。」

「五個都見晒面？」

「係呀，咪話咗我同你一樣鍾意開盲盒囉，成日唔記得人哋嘢。你唔好叫金仔喇，叫金魚啦你！」

「好呀。你邊位？我點解喺度架？」菲菲一拳打落我膊頭。

「咁你仲未揀到？五個喇喎。」

菲菲望住海浪：「得閒咪同人出吓街囉，又唔急嘅。」

「你唔驚你揀嘅時候佢哋已經有第二個？」

「咁即係我哋有緣無份囉。」

「咁豁達？」

菲菲諗咗諗，拎電話出嚟：「陪我聽首歌？」

「好呀，聽七秒之後你要提我聽緊咩歌喎。」因為我係金魚得七秒記憶架咋。

前奏響起。

相簿記錄懸空。思緒似蝶迷蹤。迷失沿途，回想起你抱擁。

黑影掩蓋暮色。總找到你痕跡。或許錯愛，或許心不該再打開。

就讓這憶記化成夢，交織心血尋影蹤。道別散席記掛無用，揮灑鮮血染蒼穹。

天顯赤雨魂斷無力目送。

在某天捨下那，相思與念掛。

係我未聽過嘅歌，估唔到幾好聽。

第一章：城繩與阿琴

「幾正，咩歌嚟？」

「byejack既《相念》。」

菲菲合埋眼，我都學佢咁感受。

若半生走過這路途，細看恆河和沙數，告別了的人遺下，書信總帶感慨。

若這生不過八十年，回到最愛你當天。告別了的人緣盡，相思不配花開，散落人海。

就讓這憶記化成夢，交織心血尋影蹤，道別散席記掛無用，揮灑鮮血染蒼穹。

天顯赤雨魂斷無力目送，。

在某天捨下那，相思與念掛。

就讓這憶記再沉澱，忘記遇到你當天。就讓這憶記化煙。

若半生再遇見的某天，鮮血早已變得冰凍，淚眼滲透感慨，告終。

飽經挫折疲倦無力目送，在這天捨下那，相思與念掛。

我同菲菲一齊打開眼。

「聽完喇，你有咩感覺？」

我諗咗陣，就答：「你放唔低一個人。」

菲菲微微一笑：「咁畀多五十個我揀，又有咩用？我都未放過自己。」

我望住手中咬咗一半嘅冰菠蘿，突然好想影低依一刻。有啲時候就係無聲勝有聲。

我拎起冰菠蘿，對住個海，正要影嗰陣，菲菲將另一半冰菠蘿拼咗埋嚟，中間嘅圓形就啱啱好圈住遠處嘅一首舊船。

咔嚓。

「你都幾特別，之前嗰四個都會叫我試吓放低，舊嘅唔去新嘅唔嚟之類，總之就係想我快啲放低。」

「但你感覺到其實係想你快啲放低，然後同佢一齊。」

菲菲點點頭：「我睇錯咗你，以為你淨係蠶鳩，原來都有啲深度。」

「可能因為我都同你有少少似，一樣有個放唔低嘅人，所以明你。」

「哈，唔怪之得啦。」菲菲含住冰菠蘿，向我伸出手：「咁我哋可以真係做住朋友先。」

我同佢握手：「我都係咁話。」

離開海旁前，我哋仲話約好下次一齊食辣嘢。事關菲菲好食得辣，但無朋友可以陪到佢食辣，知道我食到就叫我陪佢食。我一向習慣同任何朋友出街都盡量少撳電話，因為我同得一個實實在在嘅人一齊緊，就想珍惜同佢

第一章：城繩與阿琴

相處嘅每分每秒，而唔係喺佢面前同另一位遠方嘅朋友傳訊息，所以依幾個鐘頭我完全無睇電話。

同菲菲講拜拜之後，已經係下午五點幾，先見到阿琴搵我。

「今日有嘢做。」大概係十二點幾嗰陣嘅回覆。

我就腥咗同菲菲影嘅菠蘿相比佢。

「我都係，去咗菠蘿的海。」

張圖右邊有女人手指拎住另一塊菠蘿，我想拜阿琴有咩反應。

「超，又話約我，點知約咗第二條女！」

「朋友嚟啫。見你無覆咪即興約去行吓市集。千祈咪信鳩假期，無嘢行架！」

「你仲收埋幾多條女！」

「除咗你仲有兩個傾緊喎。」

「原來唔係淨係同我一個傾嘅～」

「我話淨係得你你都唔信啦。」

「咁你真係誠實嘅。不過咁喎，你話淨係得我一個我就信架喇！」

「咁你又同幾多個傾緊呀？」

「得你一個咋。」

「真定假？」

「唔信我！」阿琴腥咗張圖過嚟，係佢 tg 嘅對話圖，除咗一啲群組嘅對話室，就淨係得我一個。

「依家信未！」

「信！」

「罰你呀，見面嗰陣請我食雪糕！」

「無問題！」

「你最高峰同時同幾多個女仔傾偈？」

「十個，好似，咁上下。」

「時間管理大師！」

「師承羅志祥。」

「你個腦容量都幾大，可以同時裝到十個女人。唔撈亂佢哋先勁。」

「反正同個個都係吹下水啫。有啲講咗特別嘅嘢，就會好記得。比如你咁，就算我同緊一百個女仔傾偈，我都會記得你。」因為我哋已經分享咗自己嘅嘢。如果個個都只係吹水，毫無獨特性，自然分唔清楚。但我一定記得阿琴之前個男朋友好有錢。

「多謝你記得我。」

「好少人淨係同一個人傾偈，你都算特別。」

「個個人唔同架嘛，我就真係同時應付唔到咁多人。」

第一章：城繩與阿琴

「即係依家我係你唯一。」

「又唔使吓吓講到咁白嘅！」

「我以前會覺得 app 有咁多人，一個唔得就到下一個。」

「通常傾開嗰個無再傾落去嘅話，我都唔會即刻搵第二個，重新識一個人真係好攰。」

「真，不停重新識一個人更加攰，我依家都係同傾開嗰幾個傾就算。」

「所以我一路都係得你一個傾緊。」

「同我講就夠啦！」

「恃住我淨係同你一個講，巴閉啦你！」

同樣一張菠蘿的海相，腥畀另一個女仔就完全唔同反應喇。

「你同女仔出街？」

「係呀，朋友嚟，見影得幾靚同你分享吓。」

「睇隻手都知係靚女嚟。你同緊我傾偈仲約其他女仔出街？」

嘩，個口吻唔知以為佢已經係我女朋友。

「我無諗過你咁抗拒。你無同其他男仔傾偈咩？」

「我同其他男仔傾偈係一回事，你同緊我傾走去約女出街就好大件事！」

「即係你可以同人傾同人出街，我唔可以？」

「我無同人出街囉，我只係傾偈。出街完全唔同。」

「係我普通朋友都唔得？」

「傾偈就得，出街就唔得。」

「假設我同咗你一齊，我以後就無得見我嘅異性朋友？」

「係呀。唔好意思，依個假設唔會成立架喇。」

講完唔夠十秒，佢就刪咗成個 tg 對話。

唔………祝佢下個男朋友好運囉唯有。

至於今日見完面嘅菲菲，一如以往腥啲喺網上睇到嘅搞笑圖同笑片畀我，同我分享。依個就係我同菲菲比較唔一樣嘅地方，佢好鍾意腥依啲圖同片畀我，啲內容係戇鳩嘅，但我都係回啲笑喊畀佢算。依啲片其實無助傾偈，而係畀男女朋友或者朋友喺身邊一齊睇，一齊笑。

「話說，我張菠蘿的海呢！」估唔到佢都諗到一樣嘅名。

「我錯我錯。」即刻腥返畀佢。

「影得幾靚，我今日幾開心，唔使理驚你會溝我嗰啲爾虞我詐。」

「開心咪好！放唔低一個人嗰陣，唔係成日感受到開心架。」

「所以好難得。嗱，就算你搵到女朋友，都要繼續同我傾偈呀！朋友嚟架喇！」

「搵到個戇鳩星人唔易架，點會唔同你傾呀？」

第一章：城繩與阿琴

「你就戇鳩星人！」

我醒起菲菲介紹我聽嘅歌，想介紹埋畀阿琴聽，腥咗條 link 畀佢：「今日我朋友介紹我聽，幾正。」

阿琴隔咗陣，就話：「係幾正喎。你鍾意聽依種歌？」

「第一次聽架咋，平時都係聽流行歌咁。最鍾意係《月球上的人》。」

「我都係喎！」

「咁聽歌可以分一邊耳機畀你。」

好記得當年芯玥介紹我聽李倖倪嘅《月球下的人》，都係一首淡淡哀傷嘅歌。分手之後，有次我想聽返依首歌，但打歌名嗰陣打錯字，變咗《月球上的人》。兩者嘅悲傷程度差太遠，同《月球上的人》比，《月球下的人》嘅哀傷根本小巫見大巫。

下的人只係講緊正常人世間失去愛人，掛住前度嘅感覺。

上的人係講緊失去前度嘅痛苦超脫時間空間，掛念過去，願我永遠記不得我正，身處現在。

如果有再會，恐怕已經一世紀。

但再見，仍舊未能跟你再戀愛。

如果我唔係因為芯玥，會唔會無咁鍾意《月球上的人》呢？

「我仲鍾意 dear Jane 嘅歌，仲有 Coldplay！你入定佢哋啲歌！」

我睇到忍唔住笑咗吓。

「一早齊晒啦，我都鍾意呀。」

「有無咁夾呀！唔好呃我喎！」

「真呀，播放清單有齊呀！」

Dear Jane 係我本身鍾意嘅樂隊，記得嗰陣出《經過一些秋與冬》，我一路睇住個 Mv 一路喊。嗰陣我仲同緊芯玥一齊，但聽到首歌幻想到如果同佢分手有幾痛，就聽到流眼淚。見到高小曼望住 fb 五年前嘅相，我諗過五年後我係咪都會同芯玥分開咗，睇緊啲舊相呢？

「唔好諗依啲嘢啦，我哋唔會分手架！」

結果六年過後，經過一些秋與冬，我仍然掛住佢。

至於 Coldplay 嘅歌，我第一次接觸嗰陣已經同芯玥分咗手。我同佢得一個共同朋友，我中同咁啱識佢同佢做過大學功課，有科勞佢 ig。嗰陣我已經下定決心唔再打擾佢嘅生活，但仍然好在意佢無咗我嘅日子過成點。

雖然佢封鎖我之前最後一個被我睇到嘅限時動態已經同新男朋友一齊，但我一直覺得佢嘅笑容唔係由心而發，我覺得佢只係搵個水泡，因為我唔信佢咁快可以搵到個咁夾嘅男仔。於是我痴線到問中同借帳號，去睇芯玥嘅 ig 擺咗咩相。我見到佢同新男朋友嘅相，去街食嘢去旅行，單純咁睇會覺得佢好開心。但當中會夾雜一啲黑底白字圖，其中一幅寫住「still I see you, celestial.」我仍然在繁星中看見你。

第一章：城繩與阿琴

我之所以咁在意，係因為以前佢用歌詞嗰陣指向嘅對象就係我。分手之後直到佢封鎖我之前嗰兩個禮拜，佢放過一張黑白相。

忙下去，捱下去，但一不小心，總記起你。

我去聽陳柏宇嘅《別來無恙》，又聽到喊。好想好想搵返佢，如果真係會記起我，咁點解要抑壓自己？點解唔同返我一齊？當我忍唔住搵返佢，佢話：「依句嘢無意思。」

「即係你無掛住我？」

「無。」

我一直覺得芯玥呃我，佢只係夾硬說服自己要放低我。

亦因為有上一次經驗，再見到佢擺歌詞，我又去搵吓係咩歌。

係 Coldplay 嘅《Everglow》。

Oh, they say people come, say people go

他們說人來人往。
This particular diamond was extra special
唯獨這顆鑽石是格外特別。
And though you might be gone
即使你已經不在，
And the world may not know
而全世界也許不知道，
Still I see you, celestial.
我仍然在繁星中看到你。

我好似見到芯玥抬頭望向天空，因為佢太掛住我。

Like a lion you ran
你走起來像雄獅，
A goddess you rolled
又像女神降臨，

第一章：城繩與阿琴

Like an eagle you circle, in perfect purple
像一隻鷹在完美的紫色天空盤旋。
So how come things move on?
為什麼事情會過去？
How come cars don't slow?
為什麼車子不曾慢下來？
When it feels like the end of my world
當我覺得我的世界要完了。
When I should, but I can't, let you go?
當我應該，但無法放下你。

我一路聽一路喊，每句歌詞都好似芯玥同緊我講嘢咁。

But when I'm cold, cold
但當我覺得很冷，
Oh, when I'm cold, cold

我真的很冷，很冷時，
There's a light that you give me
你給我的光芒就在。
When I'm in shadow
當我在黑影之中，
There's a feeling you give me, an everglow
就有你給我的感覺，一種永恆燿燦。

我壓制自己想搵返佢嘅衝動，因為嗰陣佢已經有新男朋友。而就算無，我走去問佢，佢都會同上次一樣咁答我。我只係想聽到佢話掛住我，而得到嘅答案只會一樣。

無。

歌詞只係歌詞。

芯玥嘅絕情，令我喺之後好幾年入面都無辦法釋懷。亦因為咁，當我個心理輔導員叫我去睇吓《心跳五百天》，睇個開頭已經覺得好有共鳴。

「話你知吖，我細個試過覺得自己長頭髮唔靚，之後一嘢剪晒落嚟。」

芯玥同我講嘅嘢，就同套戲入面嘅夏天一樣。夏天自從父母離婚之後，最愛嘅係兩樣嘢，第一係佢把長頭髮。

第二係佢可以將把頭髮剪走，而咩感覺都無。

《心跳五百天》算係我喺分手之後睇最多嘅戲，因為我同男主角一樣都視另一半係命中注定。遇上真命天女，就好似搵到人生一直缺少咗嗰塊碎片咁。然後，天更加藍，空氣更加甜，期待每一個擘大眼嘅早晨，返工更有動力，想儲錢，想同佢結婚，連一直最驚嘅婚後平淡生活，都因為係同佢過而覺得多姿多彩。

我甚至幻想過同芯玥結婚，對一個廿歲頭嘅男仔嚟講，每個聽到嘅人都懷疑：「太早喇啩？」

「係咪真係佢架？」係。

「你玩夠未先？」識咗佢就唔使再玩。

當你搵到一個靈魂伴侶令你嘅世界更完整，失去佢，你嘅世界就無咗一半。

我無同阿琴講咁多點解我歌單會有依啲歌嘅故事，我哋兩個都陶醉喺依種不謀而合嘅奇妙感覺入面。雖然錯過咗一個週末，但我哋都無特別在意。總係覺得我隨時都可以再約阿琴。

「我想講，我識咗個女仔。」喺同蠔腎嘅龍華軒聚會上面，我舉手分享自己嘅近況。

蠔哥眼都突埋：「邊度識架？」

「交友 app。」

「又發掘咗個新方法識女呀？」

「有故仔聽喇，叫咗嘢食先啦不如。」雞腎提議。

「唔該，我要一個卡邦尼意粉。」
「我要酸包黑醋汁椒絲泡菜冬蔭公龍蝦卡邦尼意粉，加檸檬皮，唔要番茜，多蒜，薄荷葉伴碟。」
「咁……我要個薯角吖。」三個人分嚟食，大家都唔好食咁多，我哋都肥咗唔少。
蠔腎兩個係我中同，亦係中學就出櫃嘅一對。轉眼已經十四年，成日話男人七年之癢，佢兩個男人夾埋就經歷咗四個癢，但感情如初。眼見我由 A0 去到依家 A8，已經有過八段情，佢哋仲係 O1。
我一直好羡慕佢哋嘅感情。
啲人講咩同性戀感情路好難行，咩中學初戀過唔到大學嗰關，咩大學拍拖捱唔到去畢業，畢咗業又要面對生活壓力好易散咁，通通同佢哋無關。跨過咗一關又一關，大家嘅生活入面都習慣咗大家嘅存在。
我同芯玥一齊嘅時候，就幻想過我哋嘅將來會好似蠔哥同雞腎咁樣。
我將認識阿琴嘅經過講畀佢哋聽，但佢兩個唔係好信。
「邊可能有人夾到咁架？」
「你小心啲係網上騙案喎。」
「似喇似喇，特登扮到好夾咁，搏取你信任，之後就嚟料。」佢兩個又一唱一和。
「但我之前都遇過好多騙子，阿琴唔似喎。」
玩交友 app 基本技巧就係判斷咩人係騙徒。最廢嗰種係一嚟就同你交換其他聯絡方法嘅人。之後就到會同你傾吓偈嘅人，當中最低級嘅就係答非所問，永遠都講一大堆自己嘢，之後就直落開始 sell 嘢。中級嘅就可以正常對答，但話題會成日兜去某個佢想推銷你買嘅物品同服務。係咁問你身體點，就係叫你睇中醫；係咁問你塊面點，就係叫你去美容；係咁問你有無儲錢，就係賣保險同倫敦金之類。最高級嘅我暫時未遇過，但聽講真係可以傾成幾個月先開始嚟料，要圖要片佢都真係畀到，直到佢話要寄禮物但個包裹中途寄失咗，或者屋企人有病急要錢為止，你先知佢係騙徒。但嗰陣由於已經投放咗感情相信咗對方，所以往往都會被人呃幾十至幾百萬不等，上報嘅就係依堆苦主。

「殺人犯殺第一個人之前都唔知佢會殺人架啦。」

「我哋擔心你咋，騙色事少呀，騙財事大吖嘛。」

「我哋唔提你，你有無諗過佢係嚟呃你嘅先？」

我呆呆搖頭，又真係無諗過。

「即係如果，如果佢真係呃你嘅，佢依家用咁多時間同你傾偈又扮晒夾咁，遲啲真係呃你一定係呃好多錢囉。」

「你可能被高級騙子睇中咗。」

講到我都有少少動搖，但如果阿琴要呃我，佢會呃我乜呢？佢嘅話題都無圍繞一樣可以賣嘅嘢，九成時間都係吹水咋喎。

「一個同你好夾嘅人，一係就真係好夾，一係就迎合緊你。」

「但係佢鍾意聽咩歌咁，都係佢主動講架喎，唔係我講先佢附和我架喎。」

「dear Jane 同 Coldplay 咁紅咁大眾，招牌跌落嚟砸死幾個人可能都鍾意聽啦。」

「啱呀啱呀，你話鍾意試當真都多人同你一樣架啦，鍾意金鋼 crew 都一樣先真係夾架嘛。」

諗落又有道理，愈大眾嘅嘢就愈易撞中同樣鍾意嘅人。

食完飯，蠔腎兩個就趕住返屋企，事關佢哋要餵隻條紋蛸，即係八爪魚。隻八爪魚佢哋養咗好耐，係風水「魚」嚟，旺財嘅。隻嘢好聰明，又鍾意喺啲貝殼度游嚟游去，所以蠔腎幫佢改咗個名叫做游殼獸。

搭巴士返屋企，又喺車上面同阿琴傾偈。

「我準備入海底。」

「住港島定九龍？」

巴士進入紅隧。

「Blublublublublu。」

「bulubulu。」

「頂，笑死我。」

「我諗起個笑話，知唔知點解海係藍色？」

「bublu。」

「因為啲魚喺度 Blueblueblueblue！」

第一章：城繩與阿琴

「bububu ─!」

「blulubululu ─!」

「我上返水面喇。」

「你真係好戇鳩！」

琴晚對唔住

今日香港嗰邊好凍，你著多件衫

我唔應該咁喊法架，對唔住呀

起身覆我？

放飯未？唔好亂食嘢

我準備食嘢喇

點解你唔覆我？

我唔知點覆你好

第二章：芯玥

第二章：芯玥

我同阿琴繼續每日傾偈，對方未覆嗰陣從來唔會轟炸對方，亦唔會問頭先去咗邊嗰啲，夾到得閒嘅時候就傾多幾句。有時前一晚傾到好夜，第二日各自都忙可以得兩三句。

佢無主動約我見面，而我經過上次邀約失敗都有啲驚再約又食檸檬。而我聽完蠔腎兩個嘅推測，其實心入面都多咗啲顧慮。我發覺自己有啲驚，因為同阿琴傾偈太開心太夢幻，萬一佢真係騙子，依家嘅一切都會幻滅。

「失眠係咪真係無辦法醫？」有日，阿琴問。

「要睇原因先醫到。咁突然嘅，你失眠咩？」

「都成四五年喇好似。」

「會變熊貓。」

「最嚴重都唔係依家，真係試過好攰好辛苦但都係瞓唔到。」

「四五年前發生咩事？」

「開始抑鬱。唉，搵日買返部香薰機睇吓會唔會好瞓啲。」

Holy shit……原來係賣香薰嘅！！！！

嗰刻我心入面已經爆咗十九幾句粗口，情緒馬上跌落谷底，隻手震晒。

「你有無用過香薰？」

真係被蠔腎講中咗，阿琴都係騙子，扮戇鳩搏取我信任之後就嚟料。唔會有錯架喇，無啦啦將個話題轉去香薰，之後都一定係咁圍繞香薰嘅好處講一大輪再推銷我買香薰套裝！

點解！點解要咁對我！我嚴正同所有sell屎聲明，唔該你哋係sell就一開始嚟料，咪懶係同人傾偈搞到人投放晒感情先打佢落地獄。知唔知年中幾多純情毒L係咁中招而被逼面對世界嘅殘酷呀！

我對阿琴嘅好感瞬間跌落谷底，無再回落去。我作為男人淨係用屎坑香薰，即係擺廁所等你屙完屎無咁臭嘅種，講完。

「唉！想喊！」我即刻轉去真實人類菲菲度尋求安慰。

「咩樹幹？」即係咩事干。

「本身有個好啱傾嘅女仔，點知又係sell屎嚟！」

「你點知架？佢sell你咩？」

「今日終於露出馬腳，喺度問我香薰嘅嘢。」

「笑死。屎坑用嗰啲？」

「佢用香薰機嚟切入，好似無印見到嗰啲噴霧機嗰隻。嚟緊實係問我有無失眠問題。」

另一方面見我在線上但未覆，阿琴就再問我：「你有無試過失眠？」

又中。所謂「無事呻吟，非奸即盜」。無啦啦提起失眠話題引起共鳴，之後就推薦你用佢個解決方法。個情況同每個做保險嘅朋友咁啱屋企人都周身病痛要入醫院又好彩有買保險，有異曲同工之妙。

想呃我？以前或者得，但我已經經歷咗T記老銅兩本騙術百科全書洗禮，個雷達已經好敏感。因為依件事，我足足一日無回阿琴。

第二章：芯玥

第二日揼入去，本身已經想 quit 埋，但去到最後確定嗰吓，我又猶豫嗝。諗返，如果嗰陣下定決心走人，之後又少好多故仔講。

當你被人呃太多次，警戒心自然就提高好多。你試吓每次拍拖都戴綠帽，以後見到另一半揼電話都會忐忑不安。但係咁，如果阿琴真係純粹同我傾開失眠，分享自己想買香薰呢？

菲菲都問過我鍾唔鍾意食辣啦，嗰陣我又唔覺佢想 sell 我買辣椒醬？

防人之心係不可無，寧願唔信一百個菩薩，都唔好信錯一個惡魔，但防備心太勁又可能會錯失好多機會。我深呼吸咗一口氣，決定繼續傾落去。

日久見人心，阿琴真係要推銷我買香薰嘅，遲早佢嘅企圖只會愈嚟愈明顯。

講到底，其實我唔係太捨得一個咁啱傾嘅戇鳩妹。

「都試過呀，壓力大嗰排就成日瞓唔著。」

「嘩，終於腹肌。」

「原來你用乳陰輸入法。」

「你夠係！」

「我較返啱個青勞同你傾計咋。」

「咁你最後點樣解決依個問題？」

「諗住一樣嘢，反而好快瞓到。」

我同阿琴分享，記得同芯玥分手之後有段時間成日上網搵啲「放下」嘅嘢嚟睇，漸漸接觸多咗佛教嘅嘢。當一個人亂諗嘢嘅時候，你叫佢咩都唔好諗，結果就係佢咩都會諗。要唔好亂諗，最好嘅方法就係叫佢搵樣嘢嚟諗，即係所謂「以一念，斷萬念」。有無發現睇緊 fb 碌緊 ig 嗰陣就算好攰都會無啦啦精神返？因為我哋每碌一下都睇緊新嘅嘢，諗到新嘅嘢。大腦會對轉變同新鮮感提高警覺，就同我哋喺腦入面東諗啲西諗啲一樣，嗰陣係最難瞓得著。但當諗死一樣嘢，大腦就會覺得悶，之後注意力開始失焦，我哋就繼續諗嗰樣嘢，不知不覺就瞓得著。

「真唔真呀？」

「我係咁囉，之後就瞓得返。」

「我今晚試吓你依個方法先。」

「講明先，你自己衡量情況，真係極度嚴重都係睇醫生食安眠藥幫助吓好啲。」

「食過啦，之後更加瞓唔到。」

「可能依賴咗。」

「所以試吓你個方法都無壞。同埋我終於買咗香薰機，隻精油都係我鍾意嘅味，希望雙管齊下會有用。」

呃？

咦？

佢買咗？佢自己買咗？

咁……咁應該……好似又真係……唔係香薰推銷員喎？

第二章：芯玥

雖然我知阿琴係教小朋友，但好多有正職嘅女仔都會做多份兼職架嘛。不過又真係未見過有人自己買返自己產品喎。我差啲想冚自己一巴，白痴，差啲怪錯好人。

今次嘅故事教訓我，有時要有下一步，都要學習吓多啲相信人。即係就算每次拍拖都戴綠帽，仍然要相信下一個唔會派帽係有啲難做到嘅，但想有未來嘅幸福，就唔可以被過去嘅陰影困住自己。

就係咁，阿琴又過一關。

「你又抑鬱又失眠，都仲保持到一顆戇鳩的心真係唔容易。」

受過情緒困擾仍然可以戇鳩嘅女仔總係特別吸引，係一種有深度嘅樂天。

「我依啲奇行種嚟。」

「見面禮物送護頸墊畀你。」

唔係無見過世界嘅黑暗所以天真無邪咁笑，而係知道世界嘅黑暗之後，仍然笑住面對。

「咁你又有無咩對抗抑鬱嘅妙法呀大師？」

「都真係有。」

痛苦到好想死嗰排，我每日起身就開始諗一大堆最壞嘅情況。由擘大眼開始，雙眼又紅又腫，天氣係最討厭嘅大雨天，四肢無力，發燒，仲要起身返工。牙膏用晒洗面水入眼，件衫縮水對鞋刮腳，整軚要行樓梯落去。到出街就踩水氹，開遮會穿窿，車經過濺水整濕我，行兩步中狗屎，行多三步中雀屎。落到巴士站送車尾，再遲到被老細照肺炒魷魚。

「有無咁黑仔呀？」

「所以當我擘大眼，對眼無紅無腫，有陽光，無發燒，就係一個好日子。嗰日就算踩狗屎，起碼無中雀屎。送巴士車尾遲到，至少無被老細炒。」

當我主動將所有嘢諗到最壞，而竟然無全部發生，咁嗰日就算係過得唔錯。依種思維模式，大概陪伴咗我抑鬱期最嚴重嗰半年。然後就開始發現，每一日雖然無咩好事發生，但亦無想像中咁多壞事發生。

一日，就只係一日。

我分享完，阿琴就無回我。我都無太在意，跟返自己作息時間去瞓覺。

當你試過瞓唔到，就會明白瞓到覺係幾珍貴。

我做人好簡單，食得瞓得屙得就夠。第日老咗當我是但做唔到一樣，咁都係由我死咗去好過。

第二日起身又係返工日，阿琴原來凌晨三點幾搵返我。

「唔小心瞓著咗。」

「咁咪好！！！有得瞓！」唔通我個方法真係咁有用？

「喺梳化同你傾傾吓就瞓著咗。」

「原來我可以醫失眠。」

「跟住我凍醒咗，先去沖涼再瞓。」

「一同我傾計，失眠就好。」

第二章：芯玥

「係噚晚真係好攰，已經兩日無瞓。」

「都可以瞓唔到第三日。」經驗之談，失眠三日都可以失到第四日，瞓唔到就係瞓唔到。

「你叻啦！不過你個方法都有少少效嘅。」

「咁你琴晚諗住咩諗到瞓呀？」我都想知阿琴嗰「一念」係乜。

「你呀。」

嗰吓我個心真係好甜。

我諗依一刻，就係我同阿琴正式由好感期轉入曖昧期嘅時候。

而阿琴咁直接向我表達好感，我都少有地閂咗我個鳩嗡模式。

「聽到心甜一甜～」一路打依幾個字，一路感受到自己心跳加速。唔知電話對面嘅阿琴又係咪同我一樣心情呢？

「甜一下好喇，驚你糖尿。」我把握我哋都未返到公司嘅嗰段少少嘅時間，同阿琴傾多幾句。

「咁你做我枝胰島素囉。」

「估你唔到！胰島素！哈哈！」

「被你估到我就唔係食神啦！」

「使乜講呀，掂呀！」

「食神好嘢！」不過話咁快又轉返鳩嗡模式。

嗰日之後，阿琴明顯搵多咗我，放工時間一定會收到佢訊息。

「放工？」

「放！」

「陰公我仲未到屋企。」

「輇！」

「試下唔好咁懶淨係打一隻字？」

「出輇。」

「多謝晒。」

「我返到屋企喇，你呢？」

「到！」佢竟然咁報仇！

「咁你快啲沖涼！」

「沖！」

「。」我引用返佢句「試下唔好咁懶淨係打一隻字？」。

「唔夠你玩，進化到字都唔打，用句號。畀你打返一隻字啦。」

「好。」

「男人真係叫佢做乜就做。」

第二章：芯玥

「我乖，聽你話吖嘛。」

「咁直有時真係被你激死。」

「激完會氹返，一啖砂糖一啖屎，定劣嚟。」

發展到依度，感覺再曖昧多一陣，我約阿琴就一定唔會食檸檬。我個心一路諗緊幾時有機會再試探吓佢會唔會抗拒同我出去，一路繼續同佢鳩噏吓又甜蜜吓。

「救命，我要去睇醫生。」

阿琴已經會同我講啲突發事件，而我亦發現自己真係會為依個素未謀面嘅女仔擔心。

「咩事？」

「今朝起身勁喉嚨痛，用咗幾包紙巾。」

「喉嚨痛食紙巾？」啯陣算係疫情又開始爆發嘅時候。

「係呀，倒吸咗入喉嚨。」

「吸紙巾有助舒緩喉嚨痛？」

「就係吸咗落去先喉嚨痛！病都同你鳩噏，你睇我幾好。」

「鳩噏係你天性嚟。小心身體呀！依排好似又爆。」

「我不知幾正經。」

「你真係正經我哋唔會傾到咁耐。」

「真，唔鳩嗡生活無樂趣。」

「快啲睇完醫生返屋企食藥大覺瞓！」好彩最後唔係武肺。

「病到生無可戀。」如果一個女仔病到七彩仲花時間主動搵你，就一定要好好對佢。

「可戀我。」

「你一日 flirt 幾多女架？」

「一個。」

「邊個？」

「你囉。」終於還返依句畀佢。

「今日把口咁甜嘅？」

「你病吖嘛。」

「有人心痛我喎。」

「係呀，知你病，心痛死我。本身你無事的話，我約咗你出嚟見喇。」

「終於開盲盒？」

「你想唔想吖？」

阿琴又斷聯，可能係瞓著咗，又可能佢真係要諗清楚個答案先答我，但就搞到我嗰日全日囉囉攣。

「唔好意思。」到我終於收到阿琴個回覆，個心即刻離一離。汪阿姐都七章架喇，唔嚇得架。

「頭先瞓著咗。」我個心頭先都玩完跳樓機。

即係點？你答我嗰個問題啦，想唔想見我先？我心入面係咁問，當然無打出嚟。我繼續望住電話，等阿琴講落去。

輸入中……

「想，但又好驚。」

「咁啱嘅，我都驚。」

「你驚咩？」

「驚到時見咗面唔合眼緣，返到屋企無得再同你傾偈。」

「你驚我係樣衰肥婆啫！」

「咁你都驚我係禿頭大叔啫。」大家都將最深層嘅恐懼剖白出嚟。無錯，依家係好好，但依種好係有個限期。限期就係我哋見面嗰日。

二分一機會，一係就一齊行落去，一係就各自返屋企。

如果想有下一步，就要先接受可能無下一步。都係嗰句，人生就係咁矛盾。其實就算唔係交友 app 而係真人，曖昧緊嗰陣你決定拖唔拖落去對方隻手度，同依家情況都一樣。下定決心拖落去，可能對方同你十指緊扣。但又可能揈開你隻手，話你誤會咗佢意思，一路只係當你朋友。

「我唔想就咁無咗你。」阿琴話。

我哋最多只可以喺拖落去之前，盡量做多啲嘢，盡量增加「對方會答應」嘅可能性。
「咁我都唔想。」
「你話如果我哋係真人見面識，又或者一開始就換咗相先傾，幾好。」
「但唔開依個盲盒，我哋就無下一步。」講到依度，好明顯阿琴係唔想見我住。
「我好想保持依家嘅關係，但又好想再行前少少。」
「咁一係試吓唔見樣網戀吓囉。」
「得架咩？」
「得架，細個玩 online game 都係三九唔識七都同人結婚啦。」
「咁算係唔見樣確立關係？」
「又未到咁認真嘅，但老實講，我對你已經好有感覺。」
「我都係。未試過感覺咁強烈。」
「我哋都對對方有感覺，但就驚見面。不如試吓當見咗，之後做啲特別嘅嘢，等你再多啲安全感，再多啲信心，真係覺得唔見我唔得嗰陣，我哋再約囉。」
「好似明又好似唔明，具體點做呀？」
到依個位，可以算同阿琴進入更加親密嘅關係，亦係距離我哋正式見面前嘅尾二階段，最尾階段純粹係天公不造美嘅阻滯。唔係我哋唔想見，只係突發因素令我哋見唔到。

第二章：芯玥

「由最唔浪漫嘅嘢由淺入深做囉。比三個冧巴嚟。」

「吓？咁就九、十九、廿九。做咩？」

「買情侶六合彩。」

「笑死，乜鬼係情侶六合彩！」

「即係一人揀三個冧巴去買囉！」

「咁你揀咩？」

「二、七、十。」於是我就去買咗張二、七、九、十、十九、廿九嘅六合彩。

「中咗係咪對分先？」

「畀晒你都得啦。」

「依句假咗喎！」

「因為你要出嚟拎張飛吖嘛！」

「今期頭獎成八千萬喎，估唔到我咁值錢。」

「你是無價的。」距離搞珠日有一日時間，而我同阿琴就喺度亂吹中咗頭獎會做啲乜。

「八千萬可以做咩呢？」

「可以買一億六千萬個膠袋。」

「我應該會喺公司附近買個單位，方便返工。」

「睇返六合彩潮文都仲係笑到 gapgap 聲。」

「中咗就同你環遊世界。想去邊度?」

「日本!澳洲!歐洲!」

「都話環遊世界,你要答全部!」

「哦!即係唔中就唔同我環遊世界?」阿琴都好配合我玩依啲無聊嘢,無形中我哋好似忘記咗我哋未見面咁。

「遊!不過逐個地方去囉!」

「咁就澳門先啦。」

「嘴香園嘴香園買手信買手信!」

「我一定揀鉅記。」就係咁無聊嘅對話,就算明知唔會中獎,但我哋都講到好投入,似層層咁。人生最幸福莫過於有個同你一齊講無聊嘢嘅人喺身邊。

最後嗰期六合彩當然無中獎,但就中咗兩個字。我嘅七字,同阿琴嘅十九,一人中一個。

「情侶六合彩唔係好掂喎!」阿琴其實唔在意個派彩結果,我都一樣,只係想搵啲嘢可以同佢一齊做吓咁解。

「咁下一步就……唱歌你聽囉。」

「會聽到你把聲?」我哋傾咗個幾月,其實都未聽過對方把聲。

「唔通搵隻牛唱你聽咩?點歌啦!」阿琴諗咗陣。

第二章：芯玥

「諗到！我要聽《2084》！」真係dear Jane嘅歌。

「得！」

聽收音機，偉大的穿梭機，
在某刻射入雲層。
無非，為我在宣佈，
人類不該獨行。

感覺我應該同阿琴兩個一齊飛行。

當天你在哪處？
當天我共寂寞試過相處。
那未來在下雨，
但雨中有預言書。

預言咗我將會同阿琴喺埋一齊嘅日子。

願我可花足一生和你甜蜜，
再走到一百歲那誌慶場合，
用幾代韻律再聽一遍，動盪時日。
願你可不管出生在哪年份，
每一生都會有個完美名份，
當氣候在震，大氣層重生，
無論共我在哪星體都可接一吻。

唱依首歌嗰陣，滿腦都係美好嘅幻想，淨係覺得個心好甜，亦希望阿琴聽完有相同嘅感覺。

今天你在哪處？
今天我步伐共你永不遠。
鐵路橫越鬧市，
在耳邊有部情書。

第二章：芯玥

願我可花足一生和你甜蜜，
再走到一百歲那誌慶場合，
用幾代韻律再聽一遍，動盪時日。
願你可不管出生在哪年份，
每一生都會有個完美名份。
當氣候在震，大氣層重生，
無論共我在哪星體都可接一吻。

願我可花足一生和你甜蜜，
再走到一百歲那誌慶場合。
用幾代韻律再聽一遍，動盪時日。
願你可不管出生在哪年份，
每一生都會有個完美名份。
當氣候在震，大氣層重生。
無論共我在哪星體都可接一吻。

「有啲料到喎，啲音準架喎。實係成日唱歌溝女啦！」

「我淨係唱畀你一個聽咋。」

「不過呢，點解你把聲好似咁沙嘅？喉嚨痛？」

「好耐之前失戀喊得太勁，搞到聲帶撕裂，都未好番又喊過，把聲就變成咁。」

「……好心痛你咁。你好愛嗰個 ex？」

「真係好愛。但佢唔愛我，都無辦法。」

「嗰陣發生咩事？」

我本來想一五一十講曬畀阿琴知，但諗諗下，要由頭講都好長，而且我已經過咗嗰個想不停同人講返件事嘅階段。

「無咩事。我都費事再提，又唔係咩開心嘢。」

曾經有段時間，我每次見到朋友都交代一次，熟嗰啲更加聽我講完一次又一次。我每次都話講完嗰次就最後一次，但都係會有下一次。去到某個位，我開始唔再講。因為講幾多次都無意思，芯玥係唔會返嚟我身邊。我每講一次，都喺記憶入面搵返啲細節，試圖去分析我邊度做得唔夠好，係我情緒崩潰令佢變心，定佢一早變咗心先會令我情緒崩潰。而無論我講幾多次，我都搵唔到想要嘅答案，只有擺在眼前嘅結果，就係已經分咗手。

當時我會覺得自己好無用，喊到聲帶都傷埋，而我仲係控制唔到自己唔好喊，搞到愈嚟愈傷，到最後把聲終於沙晒。一開始我覺得搞成咁係芯玥造成，但諗深一層係我抵死，我自己搞到自己咁。我無能力控制自己唔好再喊。

世間一切不幸，都要怪當事人能力不足。

亦因為聲帶嘅傷害已經無得逆轉，我之後先會下定決心，我唔要我嘅身體再有任何地方因為芯玥而變差。

當日好似被火燒嘅喉嚨內側，打消咗我本來想去自殘自殺飲酒食煙吸毒嘅念頭。為一段感情賠上自己把聲，已經夠晒，唔好再賠上更加多嘢。

「聽你講法，最愛應該就係搞到你變聲嗰個女仔？」

「唔否認。雖然人生未完，但至今為止最愛係佢。」

「咁希望你之後嘅人生會遇到個更加愛嘅女仔。」

「遇到啦。咪你囉。」

「誇張！」

「真架，識咗你我就無再諗起佢。之前個女朋友都畀唔到依種感覺我。」

「都唔知係咪氹人嘅。」

「無呀，我講事實，你令我忘記咗佢。咁你又有無人放唔低？」

「無，每次分手都係我講，唔愛就唔愛架啦。放唔低我就唔會分手，分得我就放低咗。」

依個係我同阿琴最大嘅分別。

「其實點解你一路都唔問我啲個人資料？」有日，阿琴問。

「對我哋傾偈有幫助咩？」

「咁你唔想知多啲我嘅嘢咩？我個真名之類。」

「想架。但係想留返見面先問你。」

因為一直同阿琴都係 tg 傾偈，所以想留返個小儀式喺見面嗰陣做，到時正式互相介紹。見面嘅時候，認識真正嘅對方。

「咁你又想唔想知我嘅嘢？」

「梗係想，對你有感覺自然想了解你！」

「咁呀……話你知我邊間 U？」

「好呀好呀！」

「I love U。」

「我頂！殺我一個措手不及！」

我自己都幾滿意，但肉麻程度爆燈，真係唔好亂咁對未係女朋友嘅人講。

「你依家算係表白？」

「一早表咗啦！你唔記得你係我 tg 女友咩？」講起個人資料，我又諗起可以送啲嘢畀阿琴。

「唔知你介唔介意，可以畀個地址我，我寄啲小禮物畀你。我唔會過嚟搵你，你放心，不過唔想就算啦。」

第二章：芯玥

其實依吓有啲過火，就算情侶可能都好多人要拍幾個月拖，先有機會被對方知屋企喺邊。

「媽咪話唔可以亂畀屋企地址人架。」

「我都係問吓啫。」

「你本身諗住寄咩畀我？」

我好鍾意一套港產片叫《戀情告急》，諗住學入面送花，但就一朵朵送，由一送到十二，代表唔同意思。

「每日送一枝花畀你，第一日一枝，第二日兩枝咁。」

「有特別意思？」

「一朵代表唯一。」

「兩朵呢？」

「二人世界。」

「三朵呢？」

「我愛你。」

「又乘機表白！我哋依家唔好咁快講愛住啦！」

「又乘機屈人表白！」

「但你個包裹係咪會中途寄失叫我畀錢？」

仆街，無諗過自己變咗騙徒！

「你係咪中過招呀？」

「聽朋友講過玩交友 app 會遇到嘅騙子。其中一個就係建立咗感情之後寄禮物。」

「我搞到自己好似騙子咁……由得佢啦，留返啲禮物見面先送。」

「我真心嚇咗嚇，仲以為要同你斬纜，一諗到咁就好唔捨得。」

「哈，放心放心。話說我之前都試過以為你係騙子。」

「吓？我做過咩嘢？」

「你話失眠想買香薰機問我有無用嗰陣。」

「哦！你以為我賣香薰！」

「你睇返嗰陣啲對話，嗰幾吓真係勁似。」

「咁啱啦，我哋都係騙子，天生一對。」大家都咁直接表達出驚對方係騙子嘅恐懼，其實都有助關係更進一步。唔係驚自己被人呃咁簡單，係驚對方係騙子，依段感情就變成一個大話，就要完。

我哋驚嘅，係同對方嘅關係會完。

而我哋都唔想佢完。

過咗幾日，阿琴同我講佢睇咗《戀情告急》。

《戀情告急》係套好好嘅愛情小品，簡單講出兩個人點行落去嘅哲學，但結局佢哋都係一齊返。阿琴好鍾意個結局，因為古天樂為咗梁詠琪去學習咩叫浪漫，而梁詠琪就喺被甄子丹追嘅過程體會咗一次佢夢想中嘅浪漫戀愛，明明已經係佢最想要嘅嘢，一個完美對象，但對方求婚，佢竟然猶豫。

原來當你發現有個人滿足晒你所有要求，但你唔愛佢的話，都係唔會應承結婚。

相反一個你愛嘅人，就算佢有好多嘢都唔合你要求，但佢肯嘗試去改變，就可以喺返埋一齊。不過我同阿琴唔同，每當我發現最後結局係男女主角會一齊返，我就覺得無乜共鳴，因為我無得同芯玥一齊返。就算係《無痛失戀》入面男女主角經歷咗記憶刪除，最後都發現佢哋心入面仍然愛對方。以前未睇套戲，成日話自己想無痛失戀，但睇完發現無可能，因為故事最後係一句「okay」，男女主角決定再試多次。

我都好想芯玥畀多次機會我，同我講：「okay」好想問可唔可以復合嘅時候，佢會答 okay，但我得唔到依個答案。

亦無占基利同琦溫斯莉最後嘅笑容。

唯獨真係王家衛嘅戲，嗰種無咗就係無咗，時間過去，人走咗就追唔返，人生中永遠嘅失去，先真正令我有共鳴。特別鍾意《東邪西毒》，可能係我投射咗芯玥喺張曼玉個角色度，覺得佢嘅笑容只係強顏歡笑，覺得佢同個水泡一齊唔會開心。

「我一路都以為自己係贏嗰個，直到有一日望住塊鏡，我知道我輸咗。」我明明唔知芯玥點諗，但就覺得依個係佢嘅諗法。好似好多年後，佢就會後悔以前無畀多次機會我。我覺得佢只係衰硬頸先執意分手，而佢一定會後悔。

「喺我最好嘅時候，最鍾意嘅人都唔喺我身邊。」我覺得分手係一個錯誤嘅決定，懲罰咗兩個喺最好嘅時候相遇，亦最愛對方嘅一對戀人。

「你話時間可以返轉頭就幾好呢。」

我一直諗，如果再有一次機會，一次就夠，我一定可以令芯玥重新愛上我。

依個願望，隨時間流逝開始褪色，而唔知幾時開始，好自然就理解到係無可能。同晴晴拍拖之後，我都無乜點再諗起芯玥。識咗阿琴之後，就直情放低晒依個女人。

只係我估唔到，令我釋懷嘅阿琴，就係我放唔低嘅芯玥。

我同阿琴繼續每日傾偈，天南地北乜都傾，有個可以鳩噏嘅對象真係好開心。有啲人可能頂唔順對方成日無嚟正經，但我哋就好享受依種可以互相大笑嘅感覺。

人生已經夠煩，如果對住另一半係煩上加煩，我真係寧願自己一個算。

「你咪鍾意百變怪嘅？」

阿琴腥咗個百變怪毛公仔相畀我：「今日喺葵廣夾架，遲啲送畀你！」嗰張係限時相，嗰十秒入面我見到阿琴纖細修長嘅手指。

憑隻手我就知佢肯定係靚女！

「睇嚟你都有啲見我嘅心理準備喇喎！」

「少少咁啦！」

第二章：芯玥

「慢慢啦，我唔會逼你見我。」

「就係鍾意你畀我順其自然。」

有好多男仔就係太心急累事，依個世界咩都係講時機，時機未到夾硬逼人，只會直接失敗。

講起夾公仔，我臨瞓前望向床尾，見到幾隻百變怪公仔。有一隻係我自己買，另外兩隻係蠔哥同雞腎買畀我，都係有拉鍊可以變做第二隻精靈嗰款。唯獨有一隻特別細粒，百變怪版小火龍放咗喺一角。

我湊近佢，望住佢個鳩樣。

芯玥除咗扭過扭蛋畀我，另一個創舉就係喺台灣夜市夾咗隻百變怪版小火龍畀我。

又係一夾就中。

依兩樣嘢一直好困擾我，因為我覺得以後都唔會再遇到另一個，兩次都一出手就中我想要嘅公仔嘅女朋友。

同晴晴第一次經過夾公仔機，佢好雀躍想玩，但我就興趣缺缺。因為我知佢一定無可能一夾就中，而結果嗰日我哋都係空手而回。

本來我已經唔記得咗，但到夾公仔嗰吓，嗰份執著又油然而生。到依家，望住小火龍，先知自己無再在意夾公仔嘅問題。

「到我同佢見面，就要同你講拜拜喇。」到時阿琴送畀我嘅百變怪就會取代小火龍個位。然後我就正正式式，放低鄧芯玥依個女仔。

啯排疫情又開始嚴重，啲限聚令呀乜乜物物又捲土重來，以依個為契機，我同阿琴就想趁封城前最後一日食個晚餐。

終於都約好咗見面日。

「到時見！」

「不見不散！」

我一路都超期待，自從約咗阿琴日日都勁早自然醒，數住仲有四日……三日。連返工都好似打咗雞精咁，極有動力做嘢。我已經諗好晒，如果同阿琴見完面真係啱嘅，未來我就要努力返工賺錢，咁先有本錢成家立室。

「你依個禮拜做乜呀？咁搏命嘅？老細分咗公司股份畀你咩？」霞姨問。

「想努力啲做嘢，搏升。」

「升咗都要做架。」

「搏加人工。」

「睇嚟真係好事近喇。」

「希望真係啦！」年中都好多人本身傾得好哋哋，一見面就玩完。不過我對自己都頗有信心。

「我估依個真係成事呢，你哋會結婚。」霞姨依句嘢有啲出乎我意料之外。

自從芯玥之後，無一個女人令我再有過想結婚嘅感覺，估唔到素未謀面嘅阿琴做得到。但我都保持理智抽離吓，唔好咁快沉船沉落海底住。

第二章：芯玥

始終一日未見一日都仲有變數。

就算我覺得好夾好啱，依家睇落牌面幾靚都好，阿琴都有可能彈我鐘。

「點解咁講呀？」

「男人開始發奮圖強通常都係為女人。我老公當年追到我之後都由個送信仔做到經理，就係為咗同我結婚。」

根據霞姨嘅理論，一個男人唔會無端端上進，一係為結婚，一係為小朋友。

你估男人唔知無錢結唔到婚咩？撈撈撈，你知我知單眼佬都知。但佢哋亦知繼續無錢就可以推遲結婚依件人生大事。而一個男人好愛女朋友，好想畀幸福佢，就知錢係必要條件，好自然就想賺更多，至少等伴侶衣食無憂。

「你無啦啦話要搏升職加人工，咪就係依個狀態囉！」

即係我潛意識已經當咗阿琴係結婚對象。至於可唔可以修成正果呢？一切就睇三日後。

依三日入面發生咗兩件事，第一件係阿琴足足一日無覆我。係整整一日廿四個鐘頭無回，我哋嘅對話停留喺我朝早嗰句：「仲有兩日就見！」

我嘅情緒又坐過山車，忐忑不安，喺度諗唔通阿琴臨近見面先唔確定係咪想見我？佢仲需要時間？定其實佢唔想見我？嗰日返工就好頹，但好彩返緊工，我控制到自己唔好失控咁搵佢。

專心工作專心工作。

可能阿琴考驗緊我會唔會心急？唔考驗吓我點知我情緒係咪真係咁穩定呢？不過佢消失係唔太正常，所以我都補多句：「你無事嗎？」

希望佢無病無痛，我只可以等待佢嘅答案。嗰廿四小時真係好煎熬，但我同自己講我已經改變咗，我唔會再因為一個人未覆機就崩潰。唔要再因為同一個原因而失去好鍾意嘅人。

每次睇手機，睇阿琴有無覆機，而佢無，就好失落。想減肥就搵個好鍾意嘅人，然後對方突然消失，包你嗰日食唔落嘢。當年大學我喺台灣做交流生，就係因為芯玥開始冷淡，有一晚過咗好耐都唔覆我，我完全崩潰晒。

後尾蠔胥同我講，一個人拍拖嗰陣雖然失去理性，但感性推到盡嘅結果，就係所有直覺都好準。

「你懷疑嘅嘢往往都係真。」冰封三尺非一日之寒。

我糾結過好耐，懷疑到底係自己本身安全感不足，定芯玥做咗啲乜嘢令我失去安全感，先開始懷疑佢呢？真正最開頭嘅伏筆，係芯玥同我講佢接受唔到 Long D，佢送我機嗰日望住我好耐。

依家諗返，可能我哋嘅感情喺嗰日就要完。

「但我真係好鍾意你，所以……我會等你返嚟。」

總有一個人係例外，我曾經都係人哋嘅例外。

講好咗三個月後就會返嚟，講好咗會喺機場等我，講好咗返到嚟要攬實對方。能夠成為伴侶嘅例外，令我更相信自己喺佢心入面嘅地位，令我更相信佢口中嘅：「我真係好愛你。」當你好信對方真係好愛你之後，你就好難接受對方可以話唔愛就唔愛。

「我真係好愛你」係一句令我放唔低一切嘅詛咒。

第二章：芯玥

唔係咩？如果真係咁愛我，點會捨得同我分開？我都好愛你，愛你愛到無辦法離開你，點解你話愛我，但可以離開我？

可能由一開始，我嘅「我真係好愛你」同你嘅「我真係好愛你」就唔一樣意思。

最開頭係新學期，芯玥上堂識咗班新朋友，做報告分成一組，有男有女咁。

「佢哋幫我改咗個名叫芯芯豬呀！」雖然有男有女，但讀得幼教都係女多男少，佢嗰組得一個男仔。

後來中秋節假期，佢過咗嚟台灣，我哋一齊試伏飲黑麥汁，一齊睇異地嘅圓月，我踩單車載佢周圍去。

大大武花大武花，依個口訣又係一講佢就笑，係用嚟記台南三大夜市星期一至日邊個會開。

芯玥就係喺花園夜市夾小火龍畀我。

嗰四日三夜係我人生最快樂嘅旅行。

又因為同芯玥好夾，我哋亦從來無鬧過交。住喺同一間民宿幾日，只係令我發現更多更愛佢嘅小細節。幫我摺衫，第二朝拎定我要著嘅衫，連沖完涼卡喺水渠啲頭髮都係佢自己清理。

幻想到日後生活就係咁，加多個細嘅，佢又識教小朋友，持家有道。

一堆對未來嘅無謂幻想，總會喺失去愛人之後排山倒海咁湧上心頭。

芯玥返香港前，我哋約好十二月頭再喺台灣見多次。下一次就去台中玩，然後我就喺一月頭會返香港。

人生最快樂嘅一次旅行，最幸福嘅一個中秋節，就咁過去。

我哋喺台南機場相擁，我望住佢離境，大家都唔捨得對方。

然後佢嘅背影就喺離開嘅人群入面慢慢消失。

我已經期待緊下一次台中之旅，只係無諗過嗰日之後我哋就無再見面。

早知嗰次係我最後一次攬你……我就攬實啲。

芯玥走咗之後，我哋有成個月見唔到對方。但其實我去台灣嘅第一個月都係成個月見唔到，唔知點解一切都喺依個月入面土崩瓦解。或者係因為佢多咗同嗰班組員一齊開會，同佢哋多咗出去玩。

然後有一次，佢去燒嘢食，隔咗好耐都無覆我。我一路等佢覆，搞到自己囉囉攣，喺度諗佢點解會唔覆？以前明明做乜都會定期向我講吓。一路等，甚至開住電話等佢上線，直到佢真係上線。

但都係唔覆我。

以前明明一上線就第一個回我，咁依家佢回緊邊個？

「燒完嘢食？」

都係未回，離線。再隔多一陣，先再上線。

「係啊，依家返屋企。」

「頭先覆緊邊個？」

「無呀。」

第二章：芯玥

「但我見你上線無覆我。」

「唔講住喇，手機無電。」

嗰刻我係諗，佢燒完嘢食，私下同個男仔傾偈，叫佢送佢返屋企。同我講電話無電，咁成程車就唔使理我，可以淨係同個男仔傾偈。依個係我嘅幻想，從來無證實過。連我都覺得自己有妄想症，芯玥點可能咁做呢？

我壓抑自己想質問佢嘅衝動，選擇相信。

無事嘅，唔好自己嚇自己。

至於嗰日芯玥係咪同個男仔返屋企呢？我唔知個真相，我只係有過懷疑。

嗰個月入面，每個星期佢都會同班組員出去玩一次。一個星期一次，明明好正常嘅社交頻率，但佢每出一次我都好不安。食唔安瞓唔落，喺台灣又得自己一個，上堂時間又少，好多時間亂諗。直覺話我聽佢係為咗個男仔先會成日去組聚，同一班新識嘅朋友個個星期去玩？識得耐嗰班就一個月都唔見一次？但我無直接問，每次都旁敲側擊。

「同佢哋啱傾吖嘛。」可能真係新朋友有新鮮感啦，咁我諗返自己大學一年級識到新朋友一開頭都見密啲，正常嘅。雖然芯玥已經大三。

唔好再疑神疑鬼啦好無？你估你旁敲側擊人哋感覺唔到咩？根本無事發生，我就自己無晒安全感。我做男人都唔鍾意女朋友郁啲就屌我去溝女啦。

冷靜。

依段期間，我嘅朋友都分別過嚟探我，蠔哥同雞腎，蘿蔔都有嚟。

我亦趁機分散吓自己注意力，但我發現當我愈少搵芯玥佢就愈少回。好記得有一日同蘿蔔去完夜市，朝早我起身先，同芯玥講完早晨隔咗好耐佢都無回我。佢通常十點十一點就醒，識佢咁耐都無見過佢瞓到一點幾。

又一個反常。

可能因為我嘅懷疑已經萌芽，所以每一個細微嘅反常位都會挑動到我神經。

可能佢真係瞓到一點幾。

可能佢醒咗但唔想覆我。

可能佢同另一個男人一齊瞓緊。

我開始失控，因為我信唔到佢係單純瞓到一點幾。

一個個一早播落嘅種子開始膨漲式生長。

佢話過接受唔到 Long D，係咪佢近排開始發覺真係接受唔到？係咪我唔再係例外？真係接受唔到的話，佢又會做啲乜？

我同蘿蔔講咗依個煩惱，佢二話不說想拉我去酒吧。

「溝過條啦，綠咗喇你。」

「點會呀？」

「你依家唔溝定一個台妹做後備，遲早後悔呀吓！」

第二章：芯玥

「唔溝呀，我應承咗佢架。」

我走之前，芯玥叫我唔準溝台妹。

「你咁戇鳩，實溝死台妹啦。人哋又嗲過我又大波過我，你實唔要我架。」

「得你先鍾意我戇鳩之嘛，人哋係真係當我戇鳩仔架。」

「我唔理，總之你唔準溝台妹！」

「得啦，應承你，放心。你都唔準溝仔！」

「放心啦，有男朋友嗰陣我防禦力好高架。」

啱啱到台灣上堂，都真係有幾個好正嘅白滑台妹，但我都係欣賞角度望吓。明明白過靚過大波過芯玥，我就係睇唔上眼，心心念念都係自己女朋友。

蘿蔔嗰晚去咗酒吧，我都好識做自己返宿舍讓間房畀佢。

我應承過你唔溝台妹，我真係無。

「但你點知佢有無溝仔？」蘿蔔第二朝繼續衝擊我嘅信念。

「我信佢咪得囉。」

「你信到就唔會同我呻啦。你嘅信任唔會無端端無咗架，自己諗清楚啦。」

有一日，芯玥話同班組員去唱K，又一個反常位。因為佢上次唱K會一路唱一路錄畀我聽，憑歌寄意。

唯獨你一個是，不可給取替，是我生命裏的一切
如早知今生跟你有幸可相愛，在當初應更努力為未來
其實我知到時可一不可再，下半身準我留住你，一直相愛～

借歌詞同我講嘢係芯玥嘅習慣，啱啱拍拖嗰陣佢都會放啲歌詞圖，而好明顯反映緊佢當時心態。

特別記得 I was enchanted to meet you。

我跟依句歌詞去搵，一首叫《Enchanted》嘅歌。

There I was again tonight
Forcing laughter, faking smiles
Same old tired, lonely place
Walls of insincerity, shifting eyes and vacancy
Vanished when I saw your face

第二章：芯玥

當時一路聽一路讀每一句歌詞，我完全感受到芯玥本來嘅生活到底有幾乏味。

All I can say is, it was enchanting to meet you

「可以遇到你，我真係好開心。」佢講過嘅說話同歌詞互相交疊。

Your eyes whispered, "Have we met?"
'Cross the room your silhouette
Starts to make its way to me
The playful conversation starts
Counter all your quick remarks
Like passing notes in secrecy
And it was enchanting to meet you
All I can say is, I was enchanted to meet you

This night is sparkling, don't you let it go

I'm wonderstruck, blushing all the way home
I'll spend forever wondering if you knew
I was enchanted to meet you

你到底知唔知遇到你，我覺得有幾著迷？逐句歌詞讀落去，我亦好想佢知，我都一樣。

The lingering question kept me up
2 AM, who do you love?
I wonder 'til I'm wide awake
And now I'm pacing back and forth
Wishing you were at my door
I'd open up and you would say, "Hey"
It was enchanting to meet you
All I know is, I was enchanted to meet you

This night is sparkling, don't you let it go

第二章：芯玥

I'm wonderstruck, blushing all the way home
I'll spend forever wondering if you knew
That this night is flawless, don't you let it go
I'm wonderstruck, dancing around all alone
I'll spend forever wondering if you knew
I was enchanted to meet you

我陶醉於歌詞同旋律之中，感受芯玥透過首歌傳達畀我嘅心意。

This is me praying that
This was the very first page
Not where the story line ends
My thoughts will echo your name, until I see you again
These are the words I held back, as I was leaving too soon
I was enchanted to meet you

我哋之間嘅愛情故事只係啱啱開始，之後仲有排幸福落去。

Please don't be in love with someone else
Please don't have somebody waiting on you
Please don't be in love with someone else
Please don't have somebody waiting on you

佢叫我唔好愛上另一個人，唔想有另一個等我，希望我只屬於佢一個。

This night is sparkling, don't you let it go
I'm wonderstruck, blushing all the way home
I'll spend forever wondering if you knew
This night is flawless, don't you let it go
I'm wonderstruck, dancing around all alone
I'll spend forever wondering if you knew
I was enchanted to meet you

第二章：芯玥

Please don't be in love with someone else
Please don't have somebody waiting on you

講返唱K，上一次有幾心甜，今次就有幾心急。因為唱足幾個鐘頭，佢都無錄歌畀我聽。

有嘅，只係完咗之後嘅一句：「唱完。」點解上次錄歌畀我示愛，今次無？因為玩得太開心唔記得咗我？唔止，嗰日仲po咗張合照上ig，成組唯一一個男仔就坐佢隔離，仲坐到好埋。

「有必要坐咁埋咩？」

「間房細丫嘛，要影晒咁多個就要坐逼啲囉。」

嗰個男仔都唔差，而成組人入面最靚嗰個就係好似麥欣童嘅芯玥，搞到好似佢兩個係男女朋友咁。佢哋唱完仲要食晚飯，嗰晚亦係我崩潰嘅一晚。起初都仲懶係紳士咁話：「你哋食得開心啲，食完先搵我啦，返去小心啲。」佢開開心心食緊晚飯嗰陣，我就一滴水都飲唔落。嗰種橫膈膜不停向上頂，令個心那住那住嘅感覺會令人無晒胃口。但我都忍咗成個晚飯時間，直到佢話要返屋企我先打畀佢。

無聽。

明明無任何證據，我已經認定今次係個男仔送佢返屋企。我打咗幾十個電話過去，到佢終於聽。

「點解頭先唔聽我電話？」

「瞓著咗……」

「打咗十幾次電話震到咁都唔醒？」

「真係好攰吖嘛。」

唔好講呀，講咗就返唔到轉頭。

「瞓咗喺條仔度咋嘛？」一秒都忍唔到就講咗。

「你講咩呀？」

「咁你起身見到我打咁多次電話畀你都唔打返畀我？」

「我啱啱醒就見你又打嚟，咁點打畀你呀？」

我質問佢係咪有咗另一個，點解冷淡咗咁多，佢話我諗多咗。我話我好辛苦，依段日子感覺到佢唔同晒，講到喊晒口，係崩潰嗰隻喊，因為真係夾硬逼自己信咗好耐，最後都係發現自己信唔到。

「要我講幾多次呀，我無出軌呀！」

佢聽到我喊晒又扔自己房入面啲嘢搞到砰零彭雞，成個人呆晒。

「你唔好咁啦，你咁喊我會好驚架……」我可以幻想到佢驚到好似兔仔咁嘅表情。

「點解你會驚？你冚返我咪得囉……你出聲啦！」但佢第一個反應就係驚，唔係我期待嘅反應。

一直嘈到佢返屋企，佢又話電話無電，叉電嗰陣我都喺度喊，明知佢唔會回我住，我都打咗好多自己嘅感覺畀佢。我嘅懷疑，我嘅不安，我想佢知道，我想佢正視。我唔係真係覺得佢會同另一個男人一齊，但佢好耐無主動講愛我都係個事實。

第二章：芯玥

而「無電」嘅佢，仲有上線有睇，我仲嬲，即刻打過去，但佢無聽。

「又話無電？」依句說話佢就無再已讀。

嗰晚係我哋第一次嘈交，亦係最後一次。我再打畀佢，熄咗電話。可能真係電話無電。我全晚無瞓過，完全瞓唔著，不停諗住芯玥，我無傷害過佢，我全心全意去愛，點解到頭來佢會愈來愈冷淡？點解由以前可以通宵傾電話，到依家成日電話無電？我眼光光望住台灣嘅天空漸白，先終於冷靜落嚟。

我唔應該咁失控。我知芯玥要返學，我就要醒平時嘅對話畀佢。

「早晨。」

「琴晚對唔住。」

「今日香港嗰邊好凍，你著多件衫。」

「我唔應該咁喊法架，對唔住呀。」

「起身覆我？」

嗰日我唔使上堂，無嘢做令我嘅「關心」持續到中午。

「放飯未？唔好亂食嘢。」

「我準備食嘢喇。」我係見住芯玥上線，但一直無覆機。

由清晨六點到下午一點合共七個鐘頭，每次佢上線我都期待佢回我，每次唔回我就同自己講：「佢未睇嗐，下次上線就回架喇，下次。」我嘗試去忍，同自己講忍夠八個鐘頭應該就有理由去問吓佢點解唔回我。

終於夠鐘。

「點解你唔覆我？」

「我唔知點覆你好。」

唔好呀！！！！！！！唔好同我講句咁嘅嘢！！！！

我即刻全身震晒打電話畀佢。

「喂。」

「係。」

「你琴晚瞓咗？」其實我係想叫你唔好離開我。

「點解你明知我咁都仲瞓得著？」我唔係想怪你，但就係控制唔到自己把口。

「……我都唔知，可能真係太攰。」

「點解會唔知點覆？」

「其實係我唔想覆。」

個心撕開咗兩邊。

第二章：芯玥

如果心係水果，搣爛佢嘅時候流出嘅就係淚水。

「咩意思？」

「我都唔知。」

「你點會唔知啫！我已經講咗對唔住啦，你仲想我點？我已經好辛苦架喇！」

「對唔住……」

「點解道歉？」

「令到你咁辛苦，對唔住。」

我想聽嗰三個字，唔係對唔住。

芯玥好冷靜、好冷淡。反之我就好激動，一個大男人喺房係咁喊。

佢就咁聽住我喊。

「點解你……唔出吓聲？」

「我真係唔知講咩好。」

「咁我哋依家係咪返唔到轉頭喇？」

「我都唔知……」

「我哋……係咪正式分手？」

「……嗯。」

「可唔可以唔好咁……我求吓你……」

我坐喺床奆低頭，淚水沾濕咗一片床單。我好唔理性，我自己都知。

「一係我哋畀三日冷靜期大家……三日之後……先再講？」

「好。」

三日期限，令我多少仲有啲希望。只要唔分手，我做乜都得。嗰三日都係繼續忐忑不安咁過，每次好想搵佢都忍住，我做嘅錯事已經夠多，一動不如一靜，乜都唔做好過。

三日過去，終於要迎接最後答案。

我哋選擇用 FaceTime 傾，其實係我提出，因為可能係最後一次見面。今次我好冷靜，終於變返個正常人。

「過咗三日……你係咪仲係想……分手？」

「嗯。我諗清楚。」我見到佢眼紅紅。

「唔係你嘅錯，只係我頂唔順你係咁。」

「一次機會都唔畀我？」

「畀唔落。」深呼吸。我一早已經有心理準備。

「希望你下一次，學識吓信人。」

依個世界唔係咩都有第二次機會，做錯咗完就完。無論以前我對佢幾好，我幾愛佢都抵唔過我一次情緒崩潰。

但我知已經係最後一次同佢講嘢，所以我選擇笑。

第二章：芯玥

講起嚟真係得意，之後拍拖面對每一個女朋友，我都無再崩潰過。唔知係我改過咗吖，定係芯玥之後我就無再真正在乎過。

「……你取消咗去台中嘅機票未？」

佢過咗一秒，點點頭。

「咁我都取消酒店卜瓊。」

「好。」

「我哋正式分手？」

「係。」

「嗯，拜拜。」

「拜拜。」

螢幕轉黑。

你無試過同一個人好啱傾，到見
面之後就知道同佢無可能咩？

試過……

我依家同發現你係個光頭大肚腩
阿叔一樣，只不過我唔係接受唔
到你外表，係接受唔到你成個人

只要我係何金耀，我哋就唔會
有可能係咪？

就算你今日唔係何金耀，係我
任何一個ex，我哋都唔會有可
能

對我嚟講，一段感情完咗就係
完咗

第三章：見面

第三章：見面

之後好幾日，我都處於情緒低落狀態，但都叫控制到自己，因為一早有心理準備。嗰陣芯玥仲未封鎖我，我仍然睇到佢嘅歌詞圖。

「Please don't let me go, I just wanna stay.」

I can't figure out
Is it meant to be this way
Easy words so hard to say

I can't live without
Knowing how you feel
Know if this is real

話我聽，我係咪做錯咗？

Tell me am I mistaken

Cause I don't have another heart for breakin'

Please don't let me go

唔好畀我走。

I just wanna stay

我淨係想留喺度。

Can't you feel my heartbeats
Giving me away

I just want to know
If you too feel afraid
I can feel your heartbeats

第三章：見面

Giving you away
Giving us away

我好想知你係咪一樣咁驚？我感受到你嘅心跳帶走咗你。

I can't understand
How it's making sense
That we put up such defense
When all you need to know
No matter what you do
I'm just as scared as you

Tell me am I mistaken
Cause I don't have another heart for breakin'

話畀我聽我係咪錯咗？我已經無辦法再承受多一次心碎。

Please don't let me go
I just wanna stay
Can't you feel my heartbeats
Giving me away

I just want to know
If you too feel afraid
I can feel your heartbeats
Giving you away
Giving us away

Please don't let me go
I just wanna stay
Can't you feel my heartbeats
Giving me away

第三章：見面

I just want to know
If you too feel afraid
I can feel your heartbeats
Giving you away
Giving us away

「忙下去，捱下去，但一不小心，總記起你。」於是我忍唔住搵佢，再一次被拒絕。佢知道我睇佢 ig 嘅歌詞圖，開始逐張刪除。好記得嗰日睇住 ig，每一次向下拉，更新頁面就少一張我哋嘅相。

我好想叫佢停手，但憑咩？

我哋嘅回憶就喺我向下拉咗十七次之後全部消失，我唔再存在喺佢 ig。

真正令我再次崩潰，之後幾年都放唔低嘅，係終於十二月，芯玥封鎖我嗰日。朝早我就留意住佢上線時間，當時直覺話我知佢上咗飛機。真係唔知點解有依種感覺。

明明佢同我講取消咗飛台中張機票，偏偏我睇佢最後上線就係飛機起飛前嘅時間。

佢嚟咗？我係咪應該坐火車去台中搵佢？佢會唔會做最後一次緣份測試，如果我哋喺台中見到面，佢就會同我復合？

直至到佢 ig po 咗個限時動態，係同一個男仔去咗台中，唱 K 坐佢隔離嗰個。

因為我一直留意佢ig，所以個限時動態只係兩分鐘前放上嚟。佢知我睇到。

當我再想撳多次入去，我就被佢封鎖咗。

好幾年時間入面，我都好糾結一個問題。

係我嘅不安懷疑令芯玥走，定係佢同個男仔一早曖昧緊先會令我懷疑？分手未夠兩個星期，就有條新仔，仲要一早就無取消張機票，兩個星期入面就一齊再去旅行？點解一開始要呃我取消咗？

可能因為唔想被人罰錢，所以留住張機票先，但就算佢嚟都唔會被我知，直接話取消咗等我死一條心。點知分手之後好快搵到另一個，咪轉為同新嗰個去囉。定係同我分手嗰陣已經計劃好同條新仔去旅行，所以無取消張機票呢？

好多我無辦法確定嘅答案，令我每日個腦都七國咁亂。

唯一可以肯定嘅只有一樣嘢，就係喺機票依個問題上，芯玥呃咗我。

嗰陣喺台灣自己一個，日喊夜喊，搞到喉嚨勁痛。人生路不熟又唔去睇醫生，淨係求其買啲喉糖食，舒服少少又喊過。當時棟宿舍多咗個鬧鬼傳聞，話夜晚走廊盡頭會聽到男人喊聲，其實就係我嚟。

喊吓喊吓發覺把聲沙咗，都無乜為意，聲沙好小事、喉嚨痛好小事以為自己會好，點知就無再好過。

第三章：見面

嗰次分手，驚動阿爸阿媽打電話過嚟，阿媽同其他朋友各自又喺聖誕節過嚟揾我。

我去食煙，聽講可以排解寂寞。但呼出嘅只有空虛。

我去飲酒，酒入愁腸愁更愁。我以為飲酒止到喊，點知之後好幾年都係飲醉就諗起芯玥再喊過。

我去豚草，但佢只係放大我嘅傷心，喉嚨被火燒嘅感覺更強，見到任何男女都變成芯玥同條新仔，一邊恥笑我一邊愈走愈遠。

後來每個朋友都話，嗰幾年我個樣好似隨時會死咁。

但唯獨自殺我無做到，可能因為分手嗰日我就揾晒所有朋友同親人大肆宣揚，諗返起都覺得醜，不過每個人都安慰我。雖然安慰係無補於事，但我都慶幸大家肯安慰我。

同芯玥一齊嗰陣我已經講晒畀朋友聽，分手嗰陣都講晒，之後再無一個女朋友係我會主動同班朋友提起。

蠔哥話：「留有用之軀，無謂送頭吖。你死咗佢會唔會在意先？唔會吖嘛，咁你死嚟做乜先？」

或者係逃避痛苦。

雞腎話：「痛苦總有一日會過，到時你就會慶幸自己當初無死到，原來個世界仲係咁靚。」

蘿蔔話：「計我話，快啲揾個第二個啦。」

結果我頹廢咗好耐，每日都想死但又要控制自己，先發明咗「由瞓醒開始將所有嘢諗到最壞」嘅方法幫自己留意日常微細嘅美好。所以你問我有無自殺？我係每日都想死持續咗一年半，但事實上又的確係咩都無做過。

返到香港我先去睇醫生，因為把聲一直沙無好過，點知一睇就係無得救，把聲以後都係咁。

失聲之後，我就無再食煙，草更加唔敢隊，而效力更強嘅毒品我當然唔敢試，因為連草嘅幻覺都頂唔順，我驚掂其他嘢真係痛苦到要死。偶爾我都會飲酒，起初飲醉會喊，時間開始過去，慢慢變到飲醉酒都無喊。

不過每次醉咗都會諗起佢。

諗起第一次同佢飲醉，我係咁示愛：「點解我會咁鍾意你呢？一飲醉啲感覺就湧晒出嚟，我真係好鍾意你。」

「我都係……我未試過咁鍾意一個人，未試過咁快同一個人拍拖架……」

每次回憶，都係一趟自虐之旅。

我無辦法接受芯玥一個星期前仲情深款款出晒黑白相歌詞圖，一個星期後就同另一個男人去我話要同佢去嘅地方。

阿琴無覆我嗰日，我諗咗好多嘢。不過我唔會再因為人哋唔覆我而失控。無可否認個心係會囉囉攣嘅，但大個喇，同一個錯誤唔可以錯兩次。

我去做自己嘢，睇吓戲放鬆心情。

到阿琴終於回我，已經係第二朝：「唔好意思呀，琴日心情唔好又攰無覆你。」

「唔緊要啦。咩事？」

「就嚟又限聚嗰啲吖嘛，所以把握時間去拜吓家姐。」

第三章：見面

「噢……節哀……」

隔咗一陣，阿琴話：「你之前咪問我有無放唔低嘅人嘅？情人就無喇，但我一直放唔低我家姐。」

原來阿琴有個大佢三年幾嘅家姐，喺四年前意外過咗身。

「我接受唔到……明明星期二先傾完偈，講好星期六去買化妝品，星期四就同我講佢被車撞死咗……兩日咋……只係兩日，就咩都唔同晒。」阿琴亦係嗰時開始抑鬱同失眠。

「我成日諗，係咪我嗰日如果扭計叫家姐留喺屋企瞓，咁佢就唔會行嗰條路，就唔會死？點解我唔留住佢？」

但其實中間隔咗兩日，佢家姐留得一日，第二日都係會返去。

有啲嘢就係咁，整定。發生咗就係發生咗，所有發生咗嘅事都係整定。只係當人放唔低嘅時候，就想否定個整定。係咪我做啲咩就可以改變？明明諗嚟都無意思，但就係會忍唔住諗。

我都諗過當時如果唔逼芯玥咁緊係咪就唔會分手？

人想要多一個可能性，特別鍾意喺已成定局嘅事入面幻想一個原本就係無可能嘅可能性。

一直好想有多個機會同芯玥相處，到我遇上阿琴，我就無咗依個不切實際嘅幻想。

唔死，就有一日可能會無啦啦發現，自己已經唔再需要嗰個可能性。

「我都明。有啲嘢幾日前仲係好哋哋，幾日後突然咩都無晒嘅感覺。」

「我平時唔會同人講依啲，唔好意思啊，要你聽我放負。」

「未負過又點知戇鳩嘅精髓喺邊呢？」

因為負過，先更加珍惜每一個戇鳩嘅瞬間。當令人笑自己又笑嗰陣，嗰一刻好似就可以令我哋忘記過去嘅憂傷同無視未來嘅煩擾。戇鳩就係依刻，就係當下。

「哲理大師。」

「鳩出我天地。」

「首主題曲係咪繼續鳩全力鳩無論那個戇鳩多麼的誇張？」

「邊間教會？」

「後面啱音囉！」

我鍾意阿琴依種背後有創傷，但都選擇戇鳩嘅女仔。

「估唔到你識依首歌。」

「因為鍾意周國賢吖嘛！」

「識貨。」

幾經辛苦，終於到最後一日，捱埋就可以見面。

點知我收到阿琴嘅突發通知，係一張快測相，兩條線。

「出事……我中咗招……」

第三章：見面

唔樓係呀？最尾一日你同我搞啲咁嘅嘢？

「中咗武肺？」學丁蟹話齋我要講多一次依隻病毒嘅發源地就係中國。

「唔知邊度惹返嚟……我好驚呀，我會唔會死架？」

「冧！一定無事架！你都打咗針！」幼教老師無選擇打唔打嘅自由，所以阿琴一早就打咗針。

「我依家好辛苦啊……」

「乖，無事，有我喺度。一係我嚟睇你？有無藥同物資？」

我都唔知自己點解講得咁口響，我如果見佢中埋招都可大可小，但嗰一刻真係無諗咁多。

「痴線咩！我唔想傳染畀你啊！」

「咁你啲物資齊唔齊？」

「嗯，媽咪爸爸都有準備以防不時之需嘅，你都唔好太擔心……」

「唔擔心就假啦！」我即刻上網搵一大堆抗疫偏方，飲多啲水食維他命C加鋅，檸檬綠茶嗰啲。連平時唔會入去嗰啲家族長輩群都撈埋入去，搵返嗰啲抗疫長輩圖出嚟。

「對唔住呀……無得見住喇……一日最衰都係我……」

「傻咩！唔好咁講，我哋仲有機會見架嘛！依家最緊要係你快啲好返呀！」

「知道……對唔住呀……」

嗰期疫情爆得勁，身邊十個朋友十個都中咗，只係嚴重程度唔同。蠔腎兩個早過阿琴中一個星期，我都將佢哋啲中招自保法講晒畀阿琴知。嗰期亦係醫院床位爆炸嘅時候，做個盡責嘅公民就係無嚴重併發症咪去醫院，免得增加醫院嘅負擔。所以染疫 omicron 之後就要居家隔離十四日，我同阿琴起碼要半個月後先見到面。

我每日都問佢情況點，有過蠔腎嘅經驗都大概知會發生咩事。頭一日好似輕感冒傷風咳，之後開始嚟料，每日瞓醒啲症狀都唔同，會頭痛發燒喉嚨痛鼻塞鼻水耳塞同四肢無力。喉嚨有機會痛到火燒同被針拮咁，如果嚴重到瞓唔到覺休息唔到就要再耐啲先好得返。

阿琴都係每日抽獎咁，今日獲得頭痛，聽日就獲得喉嚨痛，我除咗陪佢傾吓偈，提佢準時食藥都無咩做得到。佢亦成日大覺瞓，覆少咗我好多，覆都係一句起兩句止。

大概第五日，阿琴病得最重嗰日，係我第一次聽到佢把聲。好沙又嚴重鼻塞，仲要好似個小朋友咁喊：「嗚……城繩……我……我好辛苦啊……」

嗰吓我淨係覺得阿琴把聲好有親切感，可能因為有啲似芯玥把聲，但無諗太多。

「我喺度呀。」

「以前……每次病都有家姐照顧我……依家得返我一個喇……我好掛住佢呀……」

病係生命入面最討厭嘅事，但總會令你睇到身邊愛你嘅人點關心你。而依啲喺痛苦入面嘅甜蜜，會隨嗰個人離開變成痛苦之中嘅痛苦。

「依家有我陪住你，唔使怕。」

每個人都會經歷生離死別，亦每個人都要學習面對離別。依樣嘢同年齡無關，連我阿媽都未接受到公公走，

第三章：見面

而佢已經走咗好多年。話以前成日諗第日有錢同佢去旅行，到有錢嗰陣公公已經去唔到。並無話係「大人」就要放得低，亦唔係放得低就代表你係大人。

「我依家間房係家姐以前有份設計，兩張床係對住，佢話我細個怕黑，以後望對面就見到家姐，咁就唔使再驚。」

阿琴不停喊：「點知整完無耐佢就搬咗出去同男朋友住……都唔緊要啦，會返嚟架嘛……」

結果就無再返嚟，兩姐妹真正可以夜晚對望入睡嘅次數寥寥可數。

「點解……嗰日條街咁多人，點解個個都唔使死，淨係家姐要死？我諗唔通，佢又無做錯事，又無犯法，佢係個好人嚟架，點解係佢死喎？點解呀？」

我都有問過自己，我無傷害過芯玥，點解佢要同我分手？我生平無做過壞事，已經受咗次嚴重嘅情傷，而我自己喺瓦礫之中重新砌返好自己之後，每次都去嘗試相信愛情，再次拍拖，但就被人當 ATM、打我、出軌。乜個天見唔到我幾傷架咩？點解仲可以踩多我兩錢重？仲要同我開玩笑？仲要唔止一次。

但個結果就係，無得解。

「我無辦法自以為是咁話自己理解你，但你盡情喊啦。」

阿琴無特登錄音畀我聽，但我知佢喊緊。

「建議你得閒睇套戲吖，叫《大隻佬》。」我諗應該係我睇過最深最難明嘅戲，但睇到明的話，有助你睇開好多嘢。

阿琴居家隔離自然大把時間，第二日夜晚已經同我講睇咗。同人部分睇過嘅人第一個反應都一樣：「我唔明李鳳儀點解要死。」

會唔明白，係好正常嘅事。

「因為個日本兵不停殺人。」

「咁關佢咩事？係佢前世？」

「唔係前世，只係因果。」

因果有機會係前世今生，戲入面嗰單印度人同救佢搞到無咗隻左手嘅女人，就係前世因，今世還。但因果唔一定關前世今生事，而係一種宏大嘅宇宙運行法則。

「我唔明。李鳳儀一路都無做壞事，點解佢一定要死？」其實就係阿琴家姐個問題，佢無做錯事，係個好人，點解當日條街唔多人都無事，偏偏係佢死？所有不幸降臨嘅時候，我哋都會問點解係我？點解係我身邊嘅人？

「咁我又問你，點解樹上隻雀會死？大隻佬喺山上發脾氣亂棍打死嗰隻雀，都無做過壞事。」

一陣沉默，可能阿琴喺度思考緊。

「大隻佬話畀李鳳儀聽佢嘅命運嗰場戲，有個推垃圾嘅阿婆執咗地下個玻璃樽，個樽唔係佢丟，但佢需要執起個樽。」

「咁依個世界都好唔公平。」

第三章：見面

「無錯，惡有惡報只係話會有報應，佢一定嚟，但唔一定報喺做壞事嘅人身上。」

「即係我家姐前世做錯事，注定今世要死？」

「唔係前世今生，可能係非洲一個人打死咗隻老虎。」其實成件事好有蝴蝶效應嘅感覺：「件事可能係幾百年前發生，而個非洲人亦唔係你家姐。」

「好玄……啲病毒搞到我無力再諗喇。但咁諗法，好人無好報，就無人再做好人。」

「依個就係最黑暗之處孕育出光明嘅地方，因果法則只係『必報』，無話做個好人就一定拎返晒啲回報，因為將依點推到極致，人會為咗好報先行善。」

「有啲道理，之後呢？我未睇到光明嘅地方。」

「又因為係『必報』，所以當你行善之後，總會令地球上某一個生命得到好報。」

哪怕我哋已經知道所做嘅一切未必會回報喺自己身上，但我哋知道只要去做好事，依個世界喺總和上就會有多一個好報，咁就足夠。

「當知道有啲嘢係避唔到、無得解、整定係咁，而且係悲劇結局之後，我哋選擇去做乜先係重點。」

李鳳儀深明自己要死，決定死前去搵孫果。唔係嗰種無腦嘅送頭，因為佢點都會因為一個原因而死，所以佢想令自己嘅死亡有意義一啲。大隻佬知道孫果殺死李鳳儀，但最後放下仇恨，因為大隻佬明白當佢又殺返孫果，依個惡因就會令世上某一個人有惡報。

佢帶返孫果落山自首，而之後就唔會再有人因為上嗰座山被孫果殺死。

依個亦係李鳳儀上山嘅初心：「希望以後唔會再有人殺人。」

佢嘅善因害死咗自己，但就點化咗大隻佬，最終善果就報喺日後上山嘅人度。

「……你咁講，我記得家姐以前話過想助養啲山區兒童。」

「嗱，雖然好多呃錢成份喺入面呀吓，但機構呃錢還呃錢，你真係課金養個山區兒童都係善行嚟。」

「會唔會好蠢？明知係被人呃？」

「李鳳儀明知上山會死，又係咪蠢？」

「我諗我明明哋喇。」

「咁就好，就由我依個山區兒童入手啦。」佳獅子山區……

「這是城繩，他每天都要走三小時山路上學，現在只要每月付十元，你就能買一條皮鞭讓這小王八蛋走快一點。」

「小四。」

「咩小四？」

「siu4，笑死。see you in hell」

「That's why we say Hello」

「笑返喇，無事喇。」

「多得你囉！」

第三章：見面

嗰兩個星期算係阿琴最脆弱嘅時候，我一直有陪佢傾偈。我知佢無可能一時三刻放得低家姐，我亦唔係咩社工，最多只可以陪佢傾偈同介紹佢睇戲。

除咗《大隻佬》，另一套《我左眼見到鬼》都係經典，咁神嘅故事真係得韋家輝先諗得到。同樣係一部講放下嘅戲，今次阿琴就唔使問點解。

「痴線，我喊到枕頭濕晒喇。」

「我都係架，仲要次次睇都喊。邊句對白最中呀？」

「王勁威話，其實我哋都好幸福吖，有人生前咁愛我哋，死咗之後都為我哋做咁多嘢。我哋都好應該為佢哋做返啲野，let him go 啦，何麗珠。」

只要失去過一個好愛嘅人，睇依套戲一定有感觸。

當然唔係睇幾套戲就真係放低到，因為我都未完全放低，只係睇完會有啲新角度反觀自己面對緊嘅嘢。有時睇嘢嘅角度唔同咗，未必可以令你唔痛，但可能可以無咁痛。

「你真係好鍾意睇戲。」

「我成日都話第日買樓附近最緊要兩樣嘢，就係泳池同戲院。」以前住屋企唔多覺，依一兩年搬出嚟住先發現自己本身幾幸福。一有空閒時間就行去游水，食完晚飯可以即刻落去戲院睇戲。搬咗之後就無依枝歌仔唱，好似無乜活動好做咁，最近嘅泳池都要行半個鐘先到，附近更加無戲院。

「哈，我有個 ex 又係鍾意游水同睇戲。」

「可能就係我嚟。」

「咪玩啦，依個世界邊有咁巧合架？」

「如果講啲個人資料就即刻知架喇。」

「唔好！講明見面開盲盒架嘛！」

就係咁，最後一次及早相認，止蝕離場嘅機會都錯過咗。

大概第十日，阿琴好得七七八八，我哋又再一次有機會相約。下個星期五晚，終於開盲盒。

「依家無晚市堂食喎。」

「咁你要唔要同我喺海旁食呀？」阿琴提議。

「你得？」

「點會唔得？特別啲囉，反正疫情之後都唔會有機會咁樣食嘢。」

「咁黃埔海濱等？」

「無問題。」

「但我哋去完海濱又返去買嘢食呀？」

第三章：見面

「各自買，再喺嗰度會合。我同你咁夾，又睇吓會唔會連個晚餐都一樣吖嗱？」

「好呀！」

約定下星期五晚見，今次應該無咩突發情況再阻止我哋兩個見面喇，應該。嗰個星期無咩好講，我同阿琴嘅相處都係一樣咁鳩，唔同嘅係我同晒所有朋友講星期五晚會見阿琴。

當中包括菲菲。

「正啦你，放得低啦嘛？」

「得喇，都幾肯定同依個會成事。」

「我真係恭喜你呀。」

「李嘉欣？」

「李嘉誠呀。點都好啦，見到你成事我都開心！但記得應承咗我我哋點都係朋友呀！」

「得啦，你估識個戇鳩妹咁易咩？」

「頂你！到時報告啦！記得買套呀！」

「唔想做契媽？」

「生仔就做，生女就不了。」

「生女先正。」

「有咗就唔到你決定架啦！」

最後，菲菲衷心祝我好運。我亦喺心入面祝願佢快啲放低，邁向新戀情。

星期五愈嚟愈近，我亦愈嚟愈緊張。之前都約過好多個女仔，但約阿琴我係特別緊張，可能因為我最著緊佢。

為咗壯膽，星期四晚我就上咗蠔腎屋企飲吓酒。

「好少聽你係咁講同一條女。」

「係囉，對上一次已經係台灣分手嗰個。」

「咁你哋明我有幾鍾意今次依個啦？」

我開始唔再驚飲醉酒，因為無再諗起芯玥。

「我記得有人以前講過，話咩覺得自己以後都唔會再鍾意人架喎？」

「我以前同晴晴一齊，一直煩惱緊係個對象嘅問題，定係我無咗愛人嘅能力。」

雞腎話：「我嗰陣已經同你講過啦，愛人嘅能力係唔會壞架嘛。」

「啲電器一直唔著機，係人都驚佢壞啦？」

蠔哥繞住我膊頭：「咩無辦法再愛人呀，唔會再愛人呀，係啲人喺 ig 叫春嗰陣用架咋，你唔好信啦。」

「我一路都覺得我同嗰班叫春人唔同，以為自己真係唔會再愛人，唔似佢哋得個講字。點知結果我都真係遇到下一個令我覺得好鍾意嘅人。」

「係囉，個重點係遇唔遇到喳嘛。未遇到唔信會有係好正常架喎，人類就係咁架啦。依家都好多人唔信有鬼

第三章：見面

架，遇到咪信囉。」

能唔能夠再愛人同撞鬼一樣，你撞到嘅就知自己會再愛，撞唔到就覺得自己係個壞咗嘅人。

「嗱。老老實實，你喺H記識條女，驚唔驚佢係暗瘡大肥婆先？」

「好認真，肥都唔緊要，靚就得。」君不見白石茉莉奈、倉持結愛依啲愛情動作片女優幾正？

「唔係嗰種呀！係真係醜樣嗰種！我問得唔好，就算排骨妹無暗瘡但好醜樣又點？」

依個問題真係考起我。

「你講到咁鍾意吖嘛，齋吹水吹到沉晒船，咁萬一佢個樣真係畢加索啲畫咁，你接唔接受先？」

「……以我嘅經驗呢，大部分女仔個樣都正常嘅，合唔合眼緣就另一回事啦。」就算最靚嗰堆日本女優咁，三上悠亞明日花綺蘿夠靚喇啩？但就係唔對我胃口，真係唔知點解。一班靚女入面都可以有唔啱口味，何況只係普通嘅女仔？

「你又唔好逼佢，可能佢唔啱人哋眼緣呢？」都有依個可能性，見得面就預咗，依個係遊戲規則。

「係喎，真係唔得咁點算？」

係囉，真係唔得咁點算呢？之前一路無諗過，真係被蠔哥咁問我先認真諗。

「唔……真係唔得的話，我都會多謝佢嘅。多謝佢令我重新有返好鍾意人嘅感覺。」見面就係要你覺得啱時佢又覺得啱，雖然見面前多啲交流係有助增加成功率，但無嘢係必然架嘛，真係一齊嘅機會率講到底都係得一半。但多得阿琴嘅出現，至少我知道自己會再次愛上一個人，我無被芯玥整壞到。至少過咗六年我都有機會放得低，有機會再遇到個好夾嘅女仔，有機會再心跳加速，咁依段幾個月嘅關係都叫不枉過。

「都係嗰句啦，冷靜啲先，過埋聽日先講。」

蠔哥拍吓我膊頭：「驚你傷咋。」

作為局外人，佢兩個都好理性。

「咁又係呀，如果你玩玩吓嘅我哋都唔使驚你會傷啦。難得見你係咁講一個女仔，都知你實係好鍾意，但你依家個『鍾意』其實未扑鍾架嘛，最後都係要見面嗰吓合眼緣先得。」

「你都要清楚人哋對你嘅『鍾意』都係未扑鍾。連拍緊拖嘅情侶都可以話唔愛就唔愛，何況係一個齋吹水嘅網友呢？」

我本身係上嚟壯膽，點知佢兩條友講到我愈嚟愈驚，係咁灌酒。

「雖然你已經投入咗好多感情，依家叫你抽離都無用。又咁講，如果你唔係全心全意將最真實嘅自己展示畀佢睇，你哋都唔會行到依一步。但係留返一兩成感情畀自己，唔過份吖？」

「係囉，點都好，唔得咪第二個囉，唔使太著緊。唔係叫你依家唔著緊佢呀，係講唔得嗰陣你要識抽離。」

「對上一次你講一個女仔講到眉飛色舞之後，就係傷到差啲走去死。」

「我哋唔想你今次都係咁咋。」

不過講到尾，佢兩個都係關心我啫。

「知喇。」我舉起酒樽。

第三章：見面

「一切順利！」

「唔順利，有我哋！」

酒樽對碰，發出清脆嘅響聲。

入夜，飲到有啲醉嘅我返屋企途中，極力抑壓自己搵阿琴嘅衝動。我怕一搵就控制唔到自己。所有本身想同佢講嘅說話，都留咗喺心入面。

點解我會咁鍾意你？

係我飲醉咗先咁鍾意你，定我本身就好鍾意你？你知唔知你拯救咗我？我咁耐都無再有返愛人嘅感覺，係你令我有返依種感覺，係你令我可以忘記芯玥。以前我從來無諗過真係可以喺交友 app 識到一個完美嘅對象，但生命總係會喺你唔為意嘅時候畀驚喜你。

一直無死，可能就係為咗等你喺我生命中出現。

如果聽日成事，我一定會攬實阿琴，將所有今日未講得出口嘅說話講晒佢聽。

「聽日見！早抖！」

我癲到腥完出去就熄電話，斬斷自己失控飲醉搵佢嘅可能性。你永遠唔知自己醉咗個樣會唔會嚇親人，我唔要埋尾一腳先嚟撻Q。醉咗嘅好處就係可以返到屋企沖完涼就好快瞓得著，咁就快啲到我心心念念嘅星期五。

啊，原來不經不覺，我飲醉酒已經唔會再喊，甚至無再諗起芯玥。

第二日我照常起身返工，但就帶齊髮蠟同定型噴霧出門，等放工嗰陣可以再執執個頭先出去。仲要刷牙嘢口用牙線，帶多枝細樽裝李斯德林，放工再嘢多次口確保口氣清新。檢查所有指甲剪齊，剃乾淨啲鬚再帶埋個鬚刨返公司，今晚放工補剃。所有嘢準備好晒，除咗未完全酒醒之外狀態都幾好，返完一日工就唔會再有醉意。

「琴晚你勁早瞓囉！我好緊張，差啲瞓唔著呀！」

「我就係驚緊張瞓唔著，所以飲咗啲酒隊冧自己。」

「屌，又唔叫。」

「吓？一齊飲囉。」

「而家先叫就無癮啦。」

又係一個如常鳩噏嘅早晨。如果以後日日都可以同阿琴鳩噏，你話幾好呢？

「嗱，我應該有啲黑眼圈，見到唔准嫌我醜樣架！」

「熊貓點會醜？好得意嚟！」

「勁衰囉。我已經為咗今晚化定妝。」

「你平時唔化妝？」

「少囉，化妝品毒吖嘛，我重視護膚多啲。」

咦？好似有個人都同我講過類似嘅嘢。

啊，我記得喇，係芯玥。

第三章：見面

仲要係一模一樣嘅對白。

我突然有種將每個散落喺對話中嘅碎片全部執起拼埋一齊嘅感覺。戇鳩、做幼教、鍾意黑麥汁、有聽 Coldplay 又鍾意 dear Jane……有好幾個特點都同芯玥對得上。係佢真係似芯玥？定係我多心？我無理由會再諗起佢架喎，亦唔應該因為一個新識嘅女仔有幾個似芯玥嘅特質就將佢哋拉埋一齊諗。

咁要反證都有好多例子，芯玥鍾意聽《月球下的人》唔係上的人。佢當年都無睇子華神啲棟篤笑，接唔到我嘅笑話，亦無同我講過佢有個家姐。

依家覺得阿琴係我最愛嗰個前度會唔會癲咗少少？重點係我咁諗，咪代表我真係放唔低囉，無理由抽幾個特點出嚟就玩連連看咁連芯玥個形象出嚟架嘛。

但如果……喺依個世界無奇不有，有時真係咁啱得咁橋架喎，如果今晚見面真係芯玥，咁我又會點？

當我鑽咗入依個問題，就察覺到嗰個充滿禁忌嘅答案。

如果係芯玥，我會好開心。

我無得呃自己。依家所有情況對我都好有利，如果係一個新識嘅女仔但唔合眼緣，我會感激遇到佢令我至少再次有返好鍾意人嘅感覺，同埋話咗畀我知依個世界唔係只得芯玥一個女仔同我夾，令我重新有返勇氣再搵下一個對象。

如果新女仔又啱眼緣，一拍即合，我諗今次真係可以有幸福。

如果依個女仔就係芯玥，即係依六年嚟我一直夢寐以求嘅機會，嗰個無可能嘅願望終於成真。

我一路都深信有多一次機會的話，一定可以同芯玥白頭到老。我哋兩個咁夾，我又已經改好咗自己情緒失控嘅缺點，仲唔會有 Long D 問題。

咁我其實算係放低咗未呢？

原來內心深處仲有依個願望存在，有時真係遇唔到咁獨特嘅情況都唔會逼自己咁諗。誠實面對自己先係出路。應該話，遇到阿琴之後大概放低咗八九成？到確定佢係一個新嘅女仔，我就會完全放低芯玥。

依家嘅我，心底仍然有半絲位置留咗畀曾經嘅最愛，當我確定會同阿琴展開一段新戀情之後，依半絲位置就唔會再存在。

所有答案，就睇今晚。

幾經辛苦終於捱過返工時間，我就衝入廁所執返正個人。霞姨見到我執到四四正正，露出睇穿一切嘅笑容：

「我個樣得唔得先？」

「實係約咗人啦！」

「至靚仔係你啦，成事的話下個星期一請食飯喇！」

「得得得，到時早啲到！」

我懷住興奮嘅心情向黃埔海濱出發。

第三章：見面

「我依家出發喇！」

「我都坐緊車過嚟！」

個心小鹿亂撞嘅感覺真係自初戀同芯玥之後就好耐無試過。

「我買緊嘢食，好快到！」

喺行去黃埔海濱之前，阿琴提醒咗我要買嘢食，我咁啱去到黃埔新邨附近，就喺條食街買嘢食。我決定買啲唔會食到周圍都係揸手唔成勢嘅嘢食，以防一陣尷尬。於是我買咗燒賣皇后幾兜小食，一陣仲可以分嚟食。香菇豬肉燒賣、椒鹽炸燒賣、沙爹炸燒賣，加多個碗仔翅，行得。

每次見一個新嘅女仔都好緊張，就算玩 app 耐咗見多咗人都好，嗰種見面前嘅緊張感總係揮之不去。希望過埋今次就唔使再體會依種緊張感。

「喂，我到喇，你喺邊呀？」

第一次打畀阿琴，佢亦順理成章咁聽咗。

「我都到喇。」

第一次聽到阿琴把聲……上次係佢中咗武肺，係病聲嚟所以無乜為意，佢依家正常嘅聲線，又令我覺得好熟悉。

「喺海逸嗰邊呀我。」

「我喺另一邊，我行過嚟吖。」

我哋都無收線，但為咗令我行去搵佢嘅過程唔會陷入尷尬嘅沉默，我決定開始對答案。

「咁吖，反正都就見面，我哋講吓自己嘅嘢好無呀？一人講一個，我先吖，我係男人。」

「哈哈哈！我係女人！你今年幾多歲呀？」

「廿七喇。你呢？」

「後生過你啦伯伯！我廿六！」唔係同我同年，應該唔係芯玥？

「我九五年頭出世，你九六？」

「唔係呀，九五年尾。」一個反轉，芯玥都係九五年尾出世。

隨住一個個答案開始對得上，我更加懷疑自己心入面嘅答案係咪真。

「你……叫咩名？」

心跳到好似要跌出嚟咁。

「我叫……」

「啊，我到海逸嗰邊喇喎。」我有啲唔係好敢相信即將發生嘅事，好期待，但同時又好驚。

「我都喺嗰邊喇喎。」

我抬頭望向半空，確定自己喺海逸。

「唔見你喎。」

「我過嚟搵你，你喺海逸唔好郁。」

第三章：見面

「得得得。」

「呀，未講哧，我個名叫……」

咚。一路望住半空退後嘅我撞到人，我即刻轉身道歉：「啊，唔好意思。」

「唔緊要。」

現實同電話都傳嚟同一句說話。

我望向撞到嗰個女仔，著住黑色直條短腰背心同牛仔褲，化淡妝，個樣好似麥欣童。

佢疑惑咁望住我，拎住電話，靜靜咁宣告：「鄧芯玥。」

我留意到，佢嘅晚餐同我一樣，係皇后燒賣。

嗰一刻，成個海濱花園好似靜晒。我一直盡量避免尷尬嘅沉默，無可避免咁籠罩我哋兩個。我同芯玥互相對望，大家都仲拎住個電話，難以置信，估唔到喺交友 app 識到嘅人就係六年前嘅 ex。

我都慢慢對電話對面講自己個名：「何金耀。」

我嘅五感都專注集中晒喺對眼度，視線望實芯玥對眼，唔想錯過任何一個微細嘅情感變化。我諗佢都一樣，喺度觀察我嘅表情。我好清楚自己嘴角因為願望成真嘅喜悅忍唔住上勾。

而芯玥嘅表情，帶有淡淡然嘅失落。

芯玥聽完我個名，放低咗電話，撳收線。

留低我一個拎住電話，聽住永無止境嘅「嘟……嘟……」聲。

依家事實擺在眼前，就係我見返芯玥嘅第一個反應，同佢見返我嘅唔同。
我好開心，一路以嚟咁啱傾，咁鍾意嘅人原來係佢。
佢好失望，一路以嚟咁啱傾，咁鍾意嘅人原來係我。
無任何惡作劇大得過依一個，我仲要面對面親眼目睹，佢由期望見到電話入面嘅人轉變為失落嘅表情。
點解個天對我咁殘忍？
我又唔係殺人放火強姦非禮無所不為十惡不赦，點解偏偏係我？
我都放低電話，輕輕揮手：「估唔到係你，好耐無見。」
芯玥呼咗口氣：「我都估唔到。」
無論以前幾好傾，當見面嗰刻發現唔啱，一切都唔會順利，你會發現對方好陌生，好似根本唔係依幾個月同你傾偈嘅人，無論你哋本身有幾啱傾，亦唔理你哋傾咗幾耐。
「咁……我哋仲食唔食呀？」
「……我都唔知。」佢仲係一樣無變過，同當年分手嘅時候一樣，問咩都唔知。
其實唔知已經係回應，佢係唔想食，但又唔想直接講。我本身諗住識趣啲轉身離開，好似當年咁，當察覺到對方實際上想點，就由我幫佢做佢內心嘅決定。
但係我唔甘心。
今次我唔想再順佢意。

第三章：見面

「咁……食啦。傾咁耐偈，都值一餐晚飯嘅。」

芯玥亦無好大反應拒絕，於是我哋就喺海旁搵咗張長凳坐低。

我有好多問題想問芯玥，但又唔知從何講起。我哋兩個就咁坐喺長凳，望住躁動不安嘅海浪，相對無聲。只有海浪湧嚟同退去嘅沙沙聲。

點都要有個開頭，或者今次我終於可以得到所有答案。不過與其問想問嘅問題，倒不如講返啲應該講嘅說話，我唔想芯玥覺得我係個自私嘅男人，乜都淨係諗自己。

我係真心鍾意佢，以前係，依家都係。

所以我喺佢角度出發，講咗四個字。

「節哀順變。」

芯玥微微點吓頭。我哋兩個嘅皇后燒賣攞咗喺中間個位，阻隔開所有親近嘅可能性。

「依段日子你實好辛苦。」我知道咗一啲以前唔知道嘅事，佢嘅家庭。所以我覺得有責任講兩句。我會諗，如果依個唔係芯玥，甚至係我覺得唔合眼緣嘅女仔，今晚我會點同佢相處？

無論點，我覺得知道一個人有親人意外離開，面對面嗰陣我點都要同佢講一句節哀順變。

「嗯，有心喇。」

「如果當年你有話我聽有個家姐，可能會早啲認到你，咁就無今晚依個咁尷尬嘅見面。」

芯玥停頓咗一陣，吸咗啖氣，好似下定決心咁。

「其實……我嗰陣無你想像中咁鍾意你。」

時至今日，我先知道自己原來聽到依句說話，係會心絞痛。

「都知嘅。」但又有種釋懷，因為唔需要再去諗我嘅「好愛你」同芯玥嘅「好愛你」係咪一樣。

就係唔一樣。

「記唔記得當年你介紹我畀你媽咪識之後，我講過咩呀？」芯玥問。

嗰陣同芯玥拍拖，因為太鍾意佢，一早就同晒身邊啲親朋戚友講，連 wtsapp icon 都轉做我哋合照。於是以為我第一次溝到女朋友嘅老母大人就好奇想見吓我女朋友係咩人。

咁我都順吓佢意，同芯玥報備咗搵日一齊食飯就帶佢見家長。

「真係得？我哋拍咗拖都未夠兩個禮拜喎！」

「其他女就唔得架喇，你咪得囉。」佢係我嘅例外，因為啱啱拍拖無耐就認定係佢，反正都會結婚嘅，咪早啲見吓老母大人囉。

嗰餐晚飯無我驚嘅婆媳糾紛，阿媽淨係以欣賞嘅眼神睇住芯玥同我。

晚飯之後我就送佢去地鐵站，佢同我講：「嗱，你唔好介意呀，我未可以咁快帶男朋友見屋企人架。對我嚟講要好確定好確定係佢先會咁做，接受到？」

「即係你以前啲男朋友都無見過你屋企人？」

芯玥搖搖頭：「無架。」

第三章：見面

「接受到啦，到你想嗰陣先帶我見囉。我有信心做你第一個亦係最後一個帶返屋企嘅男人。」

《馬男波傑克》有一句好中嘅對白：「當你帶住玫瑰色眼鏡去睇人嘅時候，所有紅色嘅旗就變成普通嘅旗。」

我認定芯玥係結婚對象，但芯玥淨係當我係一個……男朋友。

一早已經舉起咗紅旗，只係我睇唔到。

「我記得。」

「我同屋企關係其實唔係咁好，爸爸媽咪都成日忙返工，溝通好少，變咗係家姐照顧我多。」但同一般相依為命嘅姐妹情深唔同，正因為父母少理佢哋，變相家姐做咗父母嘅角色，甚至比父母更加嚴格。

「家姐係特登想同爸爸媽媽有分別，佢覺得管得我嚴先係愛我。」於是一啲平時喺嚴父口中先會聽到嘅對白，就變咗由家姐講出嚟。包括考唔到一百分就打，唔準出夜街，唔準著短裙嗰啲。依種壓逼漸漸令芯玥抖唔到氣，最後索性完全唔理家姐所有命令。

「同你一齊嗰陣，就係同家姐鬧得最僵嘅時候，我根本提都唔想提依個人。」

芯玥嘅記憶入面，家姐就係個唔講道理嘅爸爸，從來唔理佢感受。咁嘅家姐，溫柔嘅時刻寥寥可數，唯獨芯玥病嗰陣，先會收起嚴肅嘅嘴臉，溫柔咁照顧佢直到好返為止。

「不過一好返，佢又變返本來咁樣。」

芯玥理解唔到家姐嘅「愛」，尤其係同我一齊嗰段時間，更加當自己無家姐一樣。

「原來當時你一直都被依個問題困擾……咁你唔同我講？」

「依啲家庭問題，講唔講都係咁。同埋……我未鍾意你到可以連家姐依個心結都講你聽。」

每個人總有啲心結，係只會向嗰個例外嘅人傾訴。

而我唔係芯玥嘅例外，從來都唔係。

「你真係吓吓都咁直接架喎。」

芯玥有啲愧疚，望住地下：「我唔想你有無謂嘅幻想同希望。」

我自嘲咁一笑，笑自己之前嘅幻想，仲以為係願望成真。

「你放心喎，有乜幻想都被你打殘晒啦。你唔係唔知自己幾絕架啦。」

諗返佢同我分享上一個男朋友去到談婚論嫁嘅地步都可以話唔愛就唔愛，佢嘅絕情都係始終如一。第一個反應係無得呃人，佢好清楚自己見到我嘅反應係乜。

芯玥看向我：「乜真係咩？」

問到我口啞啞，我好清楚唔係。

如果我真係無任何幻想，我就會好似芯玥咁選擇唔食依餐晚飯。對自己誠實啲啦，何金耀。事到如今唔承認自己仲有幻想係唔會挽留到咩面子同尊嚴。

依段感情由一開始，我就係輸嗰個。

然後委屈嘅眼淚就湧咗出嚟。無論係六年前定依家，我都仲係好鍾意好鍾意佢，但佢唔係。

點解得我鍾意佢？太唔公平喇……唔公平……

第三章：見面

「係，我仲有幻想，我仲係想要多個機會……因為我好鍾意你！」

我無望芯玥，講完就耷低頭：「點解唔可以畀個機會我？我哋明明咁夾，明明仲可以傾得咁開心，未見面之前都仲好有感覺，兜兜轉轉咁多年都仲撞得返大家，你知唔知幾難得？依一切一定有意義……個天唔會咁玩我……我一直都信我哋嘅相遇係有意義。如果無機會一齊返，咁我哋依幾個月嘅關係到底有乜意思？」

一陣爆發之後，回應我嘅只有海浪聲。

我忍唔住望向芯玥。

「你無試過同一個人好啱傾，到見面之後就知道同佢無可能咩？」

「試過……」

「我依家同發現你係個光頭大肚腩阿叔一樣，只不過我唔係接受唔到你外表，係接受唔到你成個人。」

唔單純係外表，而係整個存在。

「只要我係何金耀，我哋就唔會有可能係咪？」

芯玥搖搖頭：「就算今日你唔係何金耀，係我任何一個 ex，我哋都唔會有可能。」

佢唔係淨係拒絕我一個，而係所有已經過去嘅戀情。

「對我嚟講，一段感情完咗就係完咗。」

「點解唔畀個機會我，我哋再一齊試吓？」

「我諗嘅從來都係同一個新嘅人開展新嘅未來，唔係同個舊嘅人再續前緣。」

「點解唔可以？」

「人係唔會變，你係你，我係我。你睇咁多戲，無睇《無痛失戀》咩？男女主角刪除記憶之後係再墮入愛河呀，但結果都係再分手，因為一樣嘅理由分手。」

You dare use my own spells against me Potter。

「係吖，但最後佢哋第三次一齊返架，就算會因為一樣嘅性格分手又點？佢哋至少有再喺埋一齊嘅可能性，最後一句對白係 okay 呀，無論你有幾多問題，只要仲愛就 okay。」

「你講咗個重點，佢哋仲愛對方。我都知你仲愛我。但問題係，我唔愛你呀。你想同我試，有無諗過我想唔想同你試？愛情唔係一個 okay 就得，套戲最尾男女主角互相回對方 okay，唔係單方面講。愛情要兩個人 okay，要仲愛對方先 okay。」

咁芯玥唔愛我，我哋又點會 okay？

「你見到我嘅第一個反應係開心，證明你想同返我一齊。你想返過去，但我想要嘅係未來。」

我一直都係麥炳，係個放唔低自己王國嘅菠蘿油王子。上天畀我一個花園，我搞到佢一片荒蕪。

麥太想去將來唔知邊度。

我留咗喺過去，芯玥就喺未來，望住唔同方向嘅人係無可能一齊。

「你嘅問題係放唔低，我嘅問題係唔愛你。我需要嘅唔係同前度喺返埋一齊，而係一個新嘅可能性。」

芯玥發現自己好難去愛一個人。當佢知道自己真正嘅心意，就會轉身離開。

第三章：見面

「咁點解你要同我講好愛我？點解你唔係咁鍾意我都要咁樣講？你知唔知我糾結咗幾耐？」

「同得你一齊，我就係想試吓得唔得。試嘅時候我真係無任何保留。同埋……你知我慣咗有啲嘢唔好意思講，我知每個人都有想聽嘅答案，熱戀期梗係想聽對方好鍾意自己架啦。」

我搖搖頭：「我寧願你誠實咁話我知，你未係咁鍾意我。你個 ex 求婚，你都應該直接拒絕，你畀太多假希望人喇……」個假希望纏繞咗我好幾年，我想知點解芯玥講到咁愛我，但知我不安嗰陣唔好好處理，知我崩潰都無安慰，知我好愛佢但都離開我。

如果佢一開始就好好講清楚自己其實未係咁確定對我嘅心意，我就唔會咁傷，唔會被個問題困擾幾年。

「所以我話……對唔住。本身我以為同你一齊係得，試緊嘅時候我亦好想係得，只係試完真係唔得，就唔想你哋再有無謂嘅幻想。」

「當年同我一齊，你開唔開心？」

「開心。」

「咁你其實有無愛過我？」

「就算未到你愛我嘅程度，我都係愛過你。嗰陣。」

嗰陣，唔係依家。

「記唔記得送你機嗰日，我望咗你好耐？」

我點頭：「好記得。你話接受唔到 Long D 但真係好鍾意我，因為係我所以願意等。」令我覺得我係例外，我係特別，覺得芯玥真係好愛我。

「其實係同我答應個 ex 嫁畀佢一樣。我真心想試，嗰一刻嘅我真係唔想因為你去台灣交流就分手。」

只係試咗，發現唔得。

「直到今日我都好後悔去台灣。我啲朋友講過，可能我唔去都係會分手。但我唔去，至少可以喺香港見你耐啲。」

「已經過咗去，無必要再諗。」

「咁你係咪知道自己接受唔到之後，就去溝新仔？」

芯玥唔耐煩咁反一反白眼：「講咗幾多次，我無溝新仔。」之後又鬆咗口氣：「我唔鍾意被人屈，家姐以前就係成日咁樣，我明明無做，硬係話我做咗，咁我咪做畀你睇囉。」

直到今日，芯玥仍然因為我咁講而情緒波動。

「係，我係對佢有啲好感，但咩都無做過。我當時係覺得，如果我無男朋友都會考慮吓佢，只係咁多。」

「對我冷淡，唔關嗰個男仔事？」

「當時我係諗緊同唔同你坦白接受唔到 Long D 嘅問題。」

「唱 K 坐埋一齊呢？」

「講過啦，多人逼吖嘛，係隨意坐架咋。之後你就真係屈我，仲情緒崩潰晒。反正我無溝仔你都當我有溝，咁我咪溝囉。」

「我同你講過咁多次我好不安，你都無理過我。你由得我嘅不安愈嚟愈厲害，我先會情緒失控啫。」

芯玥又重重呼口氣：「本身我就煩緊點同你講 Long D 嘅問題。一開始我係想話分開吓，到你返嚟如果我哋都仲好掛住對方，就一齊返。但我又發現一樣嘢，如果你唔係我嘅例外，咁我有幾愛你啫？即係其實唔會有返嚟之後點，個結局只係分咗手就分咗。」

我以為芯玥因為識咗新嘅男仔先對我冷淡，但原來係更根本嘅問題。

「我自己都未整理好想點，我至少肯為你試，即係愛，但最後都係唔得，咁仲係咪愛？」

本身只係煩惱，亦因為咁而冷淡咗，但就遇著我情緒失控再踩埋佢最接受唔到嘅底線。

「嗰刻我就知道，同你行唔到落去。」

「當年真係我做錯……係我做錯先會推走你……」

「可以算係導火線。但可能本身我諗吓諗吓，都係會同你分手。就好似悔婚咁。」

「你覺得突然斬斷晒所有連繫真係最好嘅方法？」

「你想我點？我只係用我認為最快最有效嘅方法分手同令你死心。我唔想被人死纏爛打。」事實上我亦無死纏爛打，雖然自己傷心，自己想死，但就算想自殺之前都無同芯玥講過。因為佢嘅絕情，我知道就算同佢講我想死，佢都只會答：「咁關我咩事？」

軟弱嘅人先會被前度用自殺自殘勒索，嗰啲人唔係真係會自殺，而係想借自殺逼人滿足佢嘅要求。我好清楚芯玥唔會因為知我想死就滿足我嘅要求，所以自殺嘅念頭從來都只係想自我解脫，唔係勒索。

「所以你呃我取消咗機票。」

「我話未取消，你實會有啲無謂嘅幻想。你實會想嚟接我，想要多個機會。」

「本身係想自己去？」

「係。不過去之前就同新男朋友一齊咗，佢先補張機票同我一齊去。」

「個 story 都係為咗令我死心？」

「係，知你睇到之後封鎖你，唔想你再有無謂嘅希望。」

「你個方法，又殘忍又無效……直到依家我都仲係放唔低你……」

「至少我做晒自己應該做嘅嘢，你放唔放得低已經唔關我事，你都唔再係我男朋友，我做乜要理你有咩感受？」

我搖搖頭：「就算我同一個自己唔係太愛嘅女仔分手，我都唔會同新女出街特登 po 畀佢睇再封鎖佢，因為我唔想刺激到佢，唔想傷到佢。」

「咁只係我同你嘅處理方法唔同。唔通我依世都唔 po 新相？定係你覺得我唔應該咁快？快同慢點定義？你同我分咗手六年都仲愛我，我就算今日先 po 有新男朋友你都會傷心架啦，係咪我依六年都要諗住唔好傷到你心唔 po 嘢？」

愈講愈重火藥味，芯玥嘴上完全無留情面，因為佢嘅目的由始至終都係要令我死心。我唔想同佢爭論，因為我都清楚就算話咩等時間沖淡咗就無咁傷，其實都係呃人，因為你好愛對方放唔低，可以幾十年後聽到佢結婚都仲會流眼淚。

「……我之後有借中同個 ig 睇過你啲 post。」

「我知呀。佢有同我講。所以我之後先刪個 ig 唔再被你睇到我任何嘢。」唔止，連 fb 同電話都轉埋，原來係個中同爆響口……

「我嗰陣好奇怪，點解你明明同新男朋友咁開心，但中間又會有啲咁慘嘅黑白歌詞相。你之前好鍾意用歌詞同我講嘢，我仲以為係同我講，依家諗返……應該係同家姐講？」

芯玥聽到家姐又開始鼻紅紅：「我都封鎖咗你，點會係同你講？」

「同個無得見嘅真正一生最愛講心底話，我嗰陣真係咁諗。」

芯玥失笑：「痴線。如果你係我一生最愛，我唔會同你分手。」

芯玥同我一齊嗰陣同家姐關係最差，後來家姐為咗近返工搬咗出去住，兩姐妹見少咗，家姐亦成個唔同晒。

「佢話難得見到食餐飯，無謂再嘈，開開心心聚吓仲好。同埋……知我大個女，唔使再好似以前咁管住我。」

家姐同佢嘅關係慢慢和好，芯玥開始理解到家姐嘅愛。

過咗大概年半，家姐換咗公司，佢出面租嘅屋仲有半年完約，準備返屋企住，見層樓都舊就提議大裝修。半年之後裝修完，芯玥就等住家姐租嘅屋完約之後返屋企住，兩姐妹就可以對住瞓。

「以前家姐一直逼我自己瞓，要我勇敢啲面對夜晚，估唔到大個咗佢就將間房整到咁，等我唔使再驚。」

有時家人嘅愛就係咁，可能會資源錯配，喺你最需要陪伴嘅時候逼你獨立，喺你獨立咗之後反而陪你。但大個咗，我哋就知個出發點都係愛我哋。

「家姐同我講過，總有一日佢無得再陪我瞓，我一定要自己面對夜晚。如果得返自己一個又好驚的話，就望吓個天。因為無論幾黑都好，天上總會有星星閃吓閃吓。」

And though you might be gone

也許你已經離開，

And the world may not know

而全世界也許都不知道，

Still I see you, celestial.

我仍然在滿天繁星中看到你。

我終於得到當年嘅真相，唔需要再糾結個答案係乜嘢。

「以前爸爸媽咪恃住有家姐照顧我，不嬲都好少理我。到家姐走咗之後，加埋上次結唔成婚，佢哋就好心急想我搵個人照顧我下半世。」於是先係咁叫芯玥相睇，但佢又唔信依種咁老套嘅方法可以搵到個鍾意嘅對象，就去試吓玩交友 app。

「之後嘅事，你都知得七七八八。」

識到我，同我覺得好啱傾，好有感覺，直至見面，無晒感覺。

「我突然發現，自己咁多年嚟諗過嘅可能性之中都有過正確答案，只係我確定唔到。」

「你咁重視答案，依家知晒啦？」

「事實可能都係你出軌在先都唔定。」

芯玥無力一笑：「係架，可以係我溝條仔在先，對你冷淡逼你分手，特登唔取消張機票同佢去旅行。我哋嗰陣發生嘅事，所有證據都係邊個講法都講得通，係睇你信邊一個咁解。」

的確，其實講到尾只係睇我信邊一個。

「但我覺得都咁多年啦，到依家你仲問，證明你真係好重視依啲問題。既然你咁重視個答案，我咪誠實啲講晒你知，可以令你真正死心就夠。」

「我信你。」

我終於真係接受到六年前發生嘅事。

但我未接受到依幾個月發生嘅事。

「但係我哋可以再撞返，仍然咁啱傾，我真係唔值得一個機會？我唔會再離開香港幾個月，情緒都唔會好似以前咁唔穩定，我有改好架。」

諷刺嘅係我被人當ATM、打同出軌嗰三次，我都唔係太大情緒起伏，偏偏對住芯玥就唔得，佢一舉手一投足都好影響我心情。

「唔止係情緒，仲有好多嘢。有樣嘢我收埋喺心一直無講，係我覺得你無人生目標，唔上進，唔知自己想點，渾渾噩噩咁，我接受唔到男朋友係咁。」

我被芯玥話到口啞啞。

「你連當年去台灣交流，都係求其東讀啲西讀啲拎學分，無明確目標係去做乜。仲要成日同我呻畢咗業唔知可以做乜，唔似我一定做到幼稚園老師。我問你其實鍾意做乜你都講唔出，依家睇怕你都仲係返緊份唔知為乜，純粹月底拎人工嘅工啦？」

無話可說，我的確係咁。就算依排突然上進，都係因為覺得同「阿琴」有可能，先想賺多啲錢。如果無「阿琴」出現，我一定仲係繼續如常返工放工。

「你到底鍾意做乜嘢架？」芯玥句句心肺，直刺我死穴。

見我遲遲無答案，佢嘆咗口氣：「咁咪係囉。」

我知佢對我好失望，因為連我都對自己好失望。

「……你唔可以否定我哋真係好夾。」

「以前你覺得我同你夾，係因為我無同你嘈過交吖嘛。你以為我哋真係夾，你嘅所有要求我都無問題，係因為我就緊你。」

我望向芯玥兜燒賣皇后。

「咁依家呢？我哋唔知對方係邊個嗰陣，嗰種夾唔係遷就啦？」

第三章：見面

「你係咪覺得講返依幾個月嘅事就有機會？」

「我只係覺得難得咁夾，段關係就咁完，好浪費。」

芯玥都望向我嘅燒賣皇后，我哋兩個係咁講，無食過嘢，已經凍晒。

「你覺得我哋真係夾咩？」

「唔係咩？我哋連晚餐買嘅嘢食都一樣。我哋鍾意嘅樂隊，鍾意嘅歌都……」

我仲未講完，芯玥就打開佢個兜蓋。

入面係炸白魚蛋，仲有咖喱五寶。

而我買嘅係香菇豬肉燒賣、椒鹽炸燒賣、沙爹炸燒賣同碗仔翅。

就算係買同一間餐廳，入面嘅嘢食竟然係完全唔同。

我覺得全晚，無比開依兩兜嘢食更加震撼我嘅畫面。

我突然諗起《Everglow》：「你……之前聽《Everglow》係邊個版本？」

「現場版。」

同一首歌，佢聽嘅係比較有少少希望嘅現場版，我聽嘅係更加悲傷嘅專輯版，兩個版本嘅前奏同中間嘅音樂係唔同。

我倒吸一啖大氣，問最後一個問題：「點解你會無啦啦鍾意聽《月球上的人》？」

我鍾意嘅係陳奕迅版本嘅《月球上的人》。

「因為周國賢翻唱。」

我哋其實連鍾意嘅歌，都係唔同版本，唔同人唱。

所謂嘅「夾」，原來只係一種自以為是。

我好似個洩氣汽球，坐喺長凳望住海浪發呆，失去所有語言能力。取而代之嘅係芯玥忍受唔住依種沉默：「失眠同將每日諗到最壞嘅方法好有用，多謝你同我分享。」

「咁就好。」

芯玥推一推佢兜嘢食埋我度：「你想嘅，可以食埋佢。」

芯玥企起身：「我走先嗽。」

我聽到芯玥話要走，當堂回翻魂，企起身：「走之前……可唔可以被我攬一下？」

芯玥搖搖頭：「唔可以。」

我無奈一笑，開始收拾凳上無郁過嘅嘢食。

「拜拜。」

「嗯……拜拜。」

互相揮手，芯玥轉身離開，我都轉身。

行咗幾步，我回頭望芯玥，我仲係好唔捨得，好唔甘心。

芯玥嘅背影愈行愈遠，對背後毫無留戀，直到消失喺轉角。

第三章：見面

直到最後，佢都無回頭望我一眼，只有我一直目送佢離開，消失喺黃埔海濱，消失喺我生命入面。

見到芯玥終於走咗，我先願意離開。一路行，眼淚一路流。我揸住兩袋燒賣皇后行向海濱公園嘅垃圾桶，腦入面仲有好多不切實際，但又揮之不去嘅畫面。

「嘩，你又買燒賣皇后呀？」

「痴線，有無咁啱呀？」

我同阿琴坐喺長凳，打開各自嘅晚餐：「好嘢，我哋唔一樣，咁就幾個餸都試得晒！」

我哋一路食，一路天南地北，無所不談。但去到某個位，我所有妄想都被今晚發生過嘅事實擊碎，變成一片片無得砌返好嘅玻璃。

我諗起一首歌。

《未開始已經結束》。

只一刻好感 太不可信嗎

喜歡等於 了解愛情嗎 什麼都可變卦

「你知係假架可？」阿琴問。

偷一刻溫馨 也終須覺醒
可惜這顆心 已不再年輕 情感輸給理性

「我知，我只係好想係真……」

太害怕 要目睹 過於受傷的程度
叫代價 那樣高 也許將心聲吞吐
連天都早知道

我望住垃圾桶，遲遲無丟依兩袋食物。

有些愛未開始已經結束
未牽手已經退縮 未親暱過 但我已經

第三章：見面

再無力繼續
有些痛未懂得痛都會懂
未親手抱擁過但我 都猜得透結局
未有親吻過 未有爭拗過
未開始相愛都應該結束

唔好浪費食物，我都係抱住兩袋嘢行返去長凳坐低。

多少的相差 會爭執重傷
好比當一位 戰爭裡遺孀 無非出於勉強
抱憾過 也就懂 學會放手的難度
卻令我 領悟到 愛這東西的深奧 朋友方可偕老

我將啲凍咗嘅嘢食一啖一啖塞入口，一路食一路流眼淚，引來旁人側目。

有些愛未開始已經結束

未牽手已經退縮 未親暱過 但我已經
再無力繼續
有些痛未懂得痛都會懂
未親手抱擁過但我 都猜得透結局
未有親吻過 未有爭拗過
未開始相愛都應該結束

我打開 tg，想最後再睇多次我同阿琴依幾個月嘅對話。

講真哪裡有 注定愛某一位
好比一隻刺蝟 刺全滿我身體 氣球是你怎麼可相愛到底
假使你與我 更成熟更得體
都知戀愛智慧 放低了 方算當中真諦
寧願不想失禮

而我入到去，同阿琴嘅對話已經唔再存在，佢已經 delete 咗個 chat。

第三章：見面

有些愛未開始已經結束
未溫飽已經滿足
未經差錯 但我退出 怕胡亂褻瀆
有些痛未懂得痛都會懂
未深刻了解過但我 都猜得透結局
未到寵愛你 未到拋棄我
未開始相愛也 好好結束

我睇過一句說話，當你刪除一個人，系統會問你確唔確定，因為佢怕你後悔。

我知道芯玥唔會後悔。

當你被人刪除，系統唔會通知你，因為怕你傷心。

嗰晚，我好傷心，因為我覺得食緊燒賣皇后嘅，應該有兩個人。

唉……我……對唔住

記唔記得我哋一開始講過咩？

做住朋友先

你知我未放得低初戀架嘛？

知道

我已經試過未放低就同人開始幾次，每一次都無好結果

我都試過

所以我先話……做住朋友先

第四章：菲菲

第四章：菲菲

我喺黃埔行到去紅磡，記起我同芯玥曾經一齊喺寶石戲院睇過戲。

唔知點解我行咗過去。

依間舊戲院好有味道，連啲凳背都仲係木板，戲飛連位都仲係人手寫。即係嗰啲一開場就唔會敢去廁所，因為驚有鬼嘅戲院。寶石戲院係芯玥同我去嘅第三間戲院。第一間係我哋初次約會嘅太古城，仲好記得佢話排隊買飛，我本來想企喺出面等，但佢：「喂啊！陪我排啦！」之後就拉咗我過去。我會咁記得，係因為我哋夾到第一次見面已經決定一齊。太古城戲院係我第一次錫佢嘅戲院。之後就講到大家推介一間鍾意嘅戲院畀對方，所以第二次我就帶佢去油麻地電影中心。第三次就係寶石戲院，亦係我最後一次同佢睇戲。

我買咗張戲飛，賣飛嬸嬸喺上面用紅色蠟筆寫低 J14，我就拎飛入場。

芯玥話過 J 排個位睇戲最正。我鍾意睇戲，有時為咗睇想睇嗰套戲，可以坐最前排都無所謂。佢就好鍾意搵每間戲院邊一排同螢幕距離啱啱好，又唔會喺正冷氣風口位。

「我哋張飛一三一四，愛你一生一世呀。」

我望住十四號位，坐好。

望吓十三號位，空位一個。

將熱戀期嘅甜言蜜語當真唔係錯，嗰刻芯玥都的確係咁諗。但當戀愛結束，仲抱住人哋以前講過嘅說話唔放手，受傷嘅只有自己。

我已經唔記得咗同芯玥一齊睇嗰套戲講乜，淨係記得明明望住個大銀幕播緊電影，但我睇到嘅一切都同芯玥有關。

我諗返依幾個月發生嘅事，好似一場夢，一套注定係悲劇結局嘅電影。

電影播完，觀眾席只得我一個，淚流滿面。

嗰晚返到屋企，我成晚都瞓唔著，諗咗好多如果，但每個如果嘅盡頭都唔係好結局。其實個天想我點？喺我覺得放低咗嘅時候再考驗多我一次，就係等我認清楚自己未放得低？咁我依家認啦，我唔會再呃自己，我的確係未放得低。可能真係懲罰我對自己唔夠誠實，事實上唔係撞返芯玥我都無機會直面自己嘅問題。

我好記得蠔哥問過我：「你係咪真係放低咗先？」嗰陣我啱啱開始同晴晴一齊。

「放低咗啦，都咁多年喇。」

「但依個你好似唔係好鍾意咋喎。」雞腎一矢中的：「你拍拖都一排啦，都無主動提起過佢。」

「鍾意架。唔係吓吓都要提先係鍾意嘅。」

我當時講嘅大話，講到同晴晴一齊嗰陣幾乎連自己都信咗。直到被親戚問起先發現原來紙始終都係包唔住火。但我當時只係承認同晴晴行唔到落去，而無發現自己其實未放得低芯玥。

我真係唔明，又唔係第一個女朋友，亦唔係最後一個，點解就係放唔低佢？點解就係面對佢我先仲好似困咗喺過去無進步過咁？面對晴晴我可以分咗手就無再諗過佢，係半秒都無。但芯玥呢？依六年嚟每次有啲咩細節觸動到我嘅神經就會諗起佢。

可以的話，我真係好想將所有同芯玥嘅記憶刪除得一乾二淨，連同佢開心嘅回憶都唔想要，想依世人無認識過鄧芯玥。

成日叫人放下向前行嗰啲人，同叫個咳緊嘅人唔好咳，叫個唔開心嘅人開心啲係一樣。

我哋都好清楚人到最後只可以自救，乜都只可以靠自己，我都知未來可能有一日做得到，但我依家就係做唔到。我已經好多個夜晚自己匿埋喊，亦無煩過芯玥，好努力咁去放低，去呃自己，點知再嚟多個咁大嘅整蠱，依種困擾有邊個遇到過？可唔可以教吓我點做？

每一次我以為放低咗，再發現原來又係未得，就會喊。

「一年喇……」

「兩年喇……」

「三年喇……」

直到同晴晴一齊，我已經接受咗依個人生入面無辦法填平嘅窿。我至少諗起都無再喊。

「六年喇……」

然後依家，再被個窿跣多次，跌到頭破血流。

我完全瞓唔著，連本身幫自己瞓嗰招以一念斷萬念都失效。可能因為當初學識嘅時候已經分咗手一段時間，先可以諗到第二樣嘢，依刻我腦入面全部都係依幾個月同芯玥嘅經歷。

依家仲多一個詛咒。

「咁你琴晚諗住咩諗到瞓呀？」

「你呀。」嗰吓個心有幾甜，依家就有幾苦。

我無晒辦法，唯有重新行返一次以前行過嘅路。

好記得嗰陣大學四年級，大學電郵有個心理測驗，玩完之後無幾耐收到個電話，話我個分數表示有抑鬱，就推薦我去心理輔導部嗰邊睇吓。當時輔導員推介我睇《心跳 500 日》：「男主角同你一樣，覺得女主角係佢嘅命中注定，你返到去可以睇吓。」

依家我無辦法再好似以前咁有專業人士幫，唯有自己睇返套戲。

套戲一開頭就講：「It's a boy meets girl story but not a love story.」

戲中真正講出重點嘅係個細路女：「只係因為一個女仔有同你一樣嘅奇怪嗜好，唔代表佢就係你真命天女。」

「你淨係記住你哋拍拖啲好嘢，我覺得你下次真係要好好諗清楚。」

睇完《心跳 500 天》，我再睇《我左眼見到鬼》，因為我雖然知道套戲係講釋懷同繼續向前，但我嘅情緒霸佔晒所有腦容量，令我乜都諗唔到。

我需要將所有情緒發洩晒出嚟。

《我左眼見到鬼》係就算過咗咁多年，每次睇都好觸動我情緒嘅戲。

「你信唔信都好啦，我真係好鍾意我老公。不過我都費事講，講都無人信啦。」

我真係好鍾意芯玥。

第四章：菲菲

「啲人實會話架，啤，有幾愛啫，識嗰七日，愛咪愛佢啲錢？」

當初我同芯玥分手，蘿蔔都講過：「都未夠半年，有幾愛呀？」

係囉，其實我哋真正一齊嘅時間真係好短，我成日都問自己，有幾愛啫？

「把口話信嗰啲人呀，心入面都係咁諗架啦，啤，有幾愛啫，識嗰七日，愛咪愛佢啲錢？」

每次睇睇吓就不自覺流眼淚。

「甚至連我自己都係咁諗，啤，有幾愛啫，識嗰七日，愛咪愛佢啲錢？使唔使咁牽腸掛肚啊？使唔使咁牽腸掛肚啊？」

一路睇，我都問自己，使唔使咁牽腸掛肚呀？咁多年喇，同啲朋友講嘅傷心原因每次都係佢，厭架喇，煩架喇。

「點知真係好牽腸掛肚……我真係好掛住好掛住好掛住我老公……」

睇到後面我開始崩潰，凌晨三點幾睇到喊咗出聲。

「無理由喎，我 count 到，你哋 lover 嚟架喎。」

同霞姨個占卜一樣，一開始就講咗個答案我知。

「第二張，寶劍三逆位……咁奇怪？佢傷過你心架喎。」

「我唔識佢架喎。」

「咁呀……你當聽吓囉。三代表確立咗一啲初步關係，你好努力想忘記之前段感情對你嘅傷害，你可以選擇放手。」

真係戲如人生，估唔到我竟然同套戲嘅劇情一樣咁滯。

「我要開天眼我要見我老公啊！」

「見咗喇見咗成年喇！」我都已經同阿琴傾咗幾個月偈。

「唔算呀我都唔知係佢！」

「你老公畀你睇佢過奈何橋，飲孟婆湯，即係話佢會forget你，亦都叫你forget佢，goodbye forever呀，un唔un你老公嘅心意呀？」

唔同嘅係，何麗珠老公係愛佢，而鄧芯玥唔愛我。

不過我開始發現，無論對方愛唔愛你，只要一個在乎嘅人喺你生命消失，你都係會放唔低。

我同何麗珠係一樣。

「嘩死仔，半夜三更喺度喊想嚇死你老母呀？」

我完全無諗過會喊到驚動阿媽，只係今次真係忍唔住。

「搞咩呀？上個禮拜仲如沐春風咁架喎，咁快分手？」

雖然把口好毒，但佢都拎紙巾畀我問我發生咩事。我將依幾個月同阿琴傾偈，再到見面，發現佢就係芯玥嘅事全部講晒出嚟。

「個個唔撞，偏偏撞返隻臭雞呀？」

第四章：菲菲

「你記得佢？」

「你成世仔第一個帶畀我見嘅女仔，之後搞到你咁，點會唔記得呀？」

「佢無出軌……係我逼走佢……係我錯……」

「你就算做錯要罰都好，咩都還清晒架喇，仲怪自己做乜先？」

「但我真係放唔低佢……」

阿媽呼咗口氣：「明嘅，好似我放唔低你阿公咁。要時間嘅。嗱，你聽日陪我出去，阿姨新屋入伙要拜神。」

「乘機屈我幫手咋啩？」

「總之你嚟啦。」阿媽大大力拍我膊頭，之後屙咗篤夜尿就走咗去瞓。

「你聽朝都未瞓得著就落紙札鋪幫手買拜神嘢啦。」

睇怕我幾個鐘之後都要落紙札鋪架喇……

我失眠到第二朝，七點幾就去紙札鋪買嘢，準備畀阿姨拜天神土地。之後再買雞同燒肉，蘋果梨。

「九點吉時呀。」阿媽著好衫就叫我帶齊所有拜神嘢出門。

去到阿姨屋企，我哋幾個一齊擺陣，大致上都記得點搞。到咗吉時就點香點蠟燭參拜，啲香燭開始薰到間屋煙霧彌漫，我自然想開窗，但佢兩姐妹一齊阻止我。

「咪呀你，就係要啲煙攻住間屋先好架！」

咁間屋又唔係我嘅，我想走啦，佢哋又話：「啲神都未走你走先？無禮貌呀！」成件事好唔科學，但佢哋傳統係咁，我唯有頂硬上。不過我向來有鼻敏感，氣管又唔好，嗍唔到氣又流鼻水勁辛苦，最慘係啲香燭唔知有啲咩元素週期表喺入面，會攻到對眼狂標眼水。

「幾時完呀？好辛苦呀大姐。」

「啲香燒完先啦。」

到啲香燒完，我都仲係咁辛苦：「燒完喇燒完喇，走喇走喇。」

我哋幾個收拾好啲垃圾就走，等啲香煙喺間屋自然消退。一行到出街有新鮮空氣就好咗好多，但啲眼水鼻涕仲係咁流。

「間房搞到你咁辛苦，你都識嗌走啦。」

「…………點同呀？」

「有咩分別？」被阿媽咁問，認真諗吓又好似真係無分別。

「我問你，邊樣辛苦啲？」

真係被佢考起，雖然肉體同心靈係兩種痛苦，但如果被煙攻辛苦啲，咁即係芯玥件事嘅傷心程度根本無我想像中咁勁。相反芯玥件事辛苦啲的話，被煙攻我都識嗌走，點解個心仲要困喺芯玥度？

「我開唔到道門。」

「一係就等時間過，等啲煙散，一係就用自己方法嘗試開門。無人教到你點開道門架。可能你推咗幾年之後會發覺，道門其實係要拉呢？」

「我試過好多方法都唔得，覺得自己好無用……」

「道門開唔到就預咗架啦，咁易開到就唔會困咗喺入面咁耐啦係咪先？但只要你嘗試去開嗰一刻，無論開唔開到，你都要覺得驕傲，因為你至少肯去掂道門。」

我分唔清面上嘅淚水係咪啲香未散刺激到我流出嚟，定我本身流緊。

「但係我無辦法覺得自己係驕傲，我淨係覺得自己好無用。」於是我唔敢再掂道門。

「你係我嘅驕傲。」

原來，係我本身流緊眼淚。

拜神之後，我好似諗通咗少少嘢。依個世界就係有啲人，唔理你人生過得幾不堪，就算你覺得自己已經係垃圾，佢哋仍然為你驕傲。

即係我每次諗起芯玥，都會因為「仲諗起」而覺得自己無用嘅時候，有人同我講我其實無自己想像中咁廢。

即使事實擺在眼前，我就係廢，阿媽都明知依個事實，仍然願意話我係佢驕傲。

「你學行嗰陣都成日仆街，仆到唔想再起身，然後你再試，就算再仆都好，你肯嘗試起身嗰吓，阿媽已經覺得你叻。」

就係因為我哋身邊總有依啲人存在，令我哋多少有返再企起身嘅勇氣。

原來我，唔係我諗人哋諗我咁樣。

「你係我阿媽先咁講啫。」

「係架，其他話知佢死啦。你永遠都係例外架啦。」

好似知我嘅心結係咩咁，我雖然已經唔係芯玥嘅例外，但永遠係另一個愛我嘅人嘅例外。

阿媽對我嘅反應超出我嘅意料，我決定同埋蠔哥雞腎佢哋講阿琴依件事，想聽埋佢哋會同我講乜。

我一直覺得佢哋已經受夠我再為芯玥嘅事唔開心，會嫌我煩。

我約咗雞腎喺龍華軒見，叫咗碟薯角同卡邦尼意粉，將成個經歷講哂佢知，同埋我因為依件事幾唔開心。

雞腎話：「喂，其實你唔使唔開心喎，因為人之所以唔開心，係因為我哋太著眼於眼前嘅所有嘢呀？當你依一刻好煩惱嘅時候，其實你有無諗過，無論係白堊紀嘅恐龍、古代嘅原始人、二戰時期嘅士兵、定係三餐都得唔到溫飽嘅非洲人，其實同樣地係面對緊千千萬萬唔同嘅煩惱呀？呢個世界其實係無限大，亦同時係無限細，我哋只不過係一條好長嘅時間軸上面嘅一粒微塵。我哋開心，唔重要；唔開心，亦都唔重要。因為其實我哋本身自己都係唔重要。」

雞腎講到依度發現我食晒佢碟薯角：「喂金仔，薯角呀。你食晒我啲薯角唔留返畀我……但係我無因為咁樣而唔開心喎，因為我已經即刻諗到解決辦法，就係嗌多碟薯角。老闆呀，我想叫多個薯角。」

但係老闆同佢講，薯角賣晒喇。

「吓？點解會賣晒架？」

老闆話，因為薯仔失收呀。

「吓？薯仔失收？但係我一嚿都未食喎……」

於是雞腎就對住個窗傷春悲秋，我見佢咁嘅樣，唯有扯開話題：「估唔到過咗咁耐，我仲係為同一個原因唔開心，但你都無嫌我煩。」

「你都被佢困擾咗咁耐啦，我哋又無咩幫到你，聽吓你呻都嫌你煩，驚你真係咩都唔講走去死呀。」

「邊有咁易吖……係呢，蠔哥仲未到嘅？你唔係同佢一齊架咩？」

「唔係呀，蠔哥去咗玩 rap 同人 jam 歌，所以我過嚟先之嘛。」

「蠔哥玩 rap 架咩？」

「近排開始架，佢迷上咗填詞唱歌咁囉。」

「你唔跟埋去嘅？」

「我唔係太大興趣架咋，最多都係畀啲靈感佢，佢填完詞會叫埋我一齊唱吓咁囉。」

「哈，終於搵到樣嘢你兩個係唔夾架喇。」

雞腎有啲意外咁「吓」咗聲。

「我同蠔哥大把嘢唔夾啦，你唔記得佢唔鍾意打乒乓波架咩？」講起嚟又好似係。

「仲有我成日嫌佢單核，成日唔記得帶嘢要我執手尾。」反之雞腎唔同，咩都記得好清楚，永遠唔會帶漏嘢。

「夾唔夾依啲嘢好表面架啫。真係愛嗰陣，大家都鍾意食朱古力雪糕就話可以一齊食；一個鍾意食雲呢拿另一個鍾意朱古力就會話唔使爭。」

我又好似通咗少少。

「到唔愛嗰陣呀，大家都鍾意食朱古力雪糕就唔妥對方食咗你一半，鍾意唔同味就話不嬲都唔夾架啦。」

一字記之曰：「愛。」

只係我嘅愛情成日覺得夾唔夾就係一切。

「現實就係你對得一個人愈耐，愈係溝通同了解，就知道愈多對方同你唔同嘅特質。你以為愈多相似嘅地方就係夾，但其實依個世界無人會同另一個人每方面都似架嘛。」

如果要愛一個好夾嘅人，咁我只可以同自己嘅複製人拍拖。

「夾唔夾，又或者你好重視嘅囂鳩，只係一個入場門檻嚟。要一直行落去就要靠點表達自己，尊重對方，一齊維繫先得。就算唔夾，都可能會出現一啲驚喜架。比如我成日提蠔哥出門口要帶鎖匙電話銀包八達通咁……」

「鎖匙電話銀包八達通，帶齊依四寶先好返工！鎖匙電話銀包八達通，帶齊依四寶根本輕鬆！」

蠔哥唱住歌入嚟：「唔好意思遲咗啲。點呀啱啱首歌？得唔得呀？我作嚟提自己架。」

唔會帶漏嘢嘅雞腎提蠔哥出門帶齊嘢，於是鍾意 rap 嘅蠔哥填咗首《出門四寶歌》。

第四章：菲菲

「你點呀？使唔使同你落下場劈吓酒？」蠔哥嚟到，就點咗酸包黑醋汁椒絲泡菜龍蝦冬蔭公卡邦尼意粉，唔要蕃茜、多蒜、加檸檬皮、薄荷葉伴碟。

好難想像蠔哥依個單核可以記到咁複雜多要求嘅菜式名。

「我係咁架嘛，愈唔重要嘅嘢我愈記得架。」

反之雞腎只會叫普通嘅卡邦尼意粉：「嗱，咁你覺得我哋依方面夾唔夾吖？」

「唔夾，佢咁多要求，你咁求其。」

「睇你點睇架啫，我睇到嘅係我哋都鍾意卡邦尼意粉喎。」

有時只係觀點與角度嘅問題。

食完嘢，我哋幾個就去「下場」。嗰陣酒吧仲係因為疫情停業緊，所以照舊都係買酒上佢哋屋企飲，我就順便探吓游殼獸。雞腎敲吓個魚缸：「殼獸都唔係我話養架，蠔哥鍾意之嘛。我到今日都未分到魷魚同墨魚架。」

「魷魚係尖嘅墨魚係圓嘅。」蠔哥個口訣就係咁嚟。

「但游殼獸有八隻腳，係八爪魚嚟。」

「點都好啦，我本身無話特別鍾意嘅，咁蠔哥鍾意想養，咪養囉。依樣嘢我哋本身都唔夾，但養養吓我又覺得幾好吖。」

之後蠔哥拎咗個榴槤出嚟餸酒，臭到癲：「阿腎唔食榴槤，依樣就真係唔夾喇，咁又點呢？」

我又記起，阿媽鍾意食蝦，阿爸鍾意食蟹，咪又係唔夾？但食蝦嗰陣，阿爸就幫佢剝殼，調轉食蟹嗰陣就阿媽幫佢剝。

「你成日淨係諗夾唔夾，有啲嘢的確唔夾就唔夾，無得逼嘅。但有時所謂唔夾嘅嘢，係人哋鍾意一啲你無乜興趣同之前未接觸過嘅嘢，咁你因為佢去接觸吓，話唔定唔夾都變夾呢？」

蠔哥隊咗嚿榴槤埋嚟：「試吓吖。」

我平時會好抗拒，但今日唔知痴咗邊條線真係試咗啖。屌，都係接受唔到。笑到佢哋兩個碌晒地。

蠔哥叫我唔好亂叫人試，因為榴槤溝酒有機會中毒。

「你條友想毒死我呀？」

「少少唔驚嘅。」蠔哥就天生好飲得，唔會面紅嗰種人。榴槤會抑制體內分解酒精嘅酶，所以佢都係食半嚿起一嚿止，志在過吓口癮。

「不過呢，你真係要學吓放低喇。過咗咁多年都畀你哋撞得返，你知晒當年嘅答案啦？」

我點頭，唔需要再糾結嗰堆問題。

「你只係唔甘心，『點解我咁愛你，你可以咁樣對我』。一路都想有多次機會，但佢唔愛你唔會畀第二個機會你，都做到咁絕啦，以前就話以為佢強顏歡笑啫，依家你都知啲歌詞唔係同緊你講啦。」

「佢分咗手之後就無諗過你，你以為佢諗你，以為自己係特別係例外，其實同佢其他男朋友一樣。」雞腎幫忙補刀。

第四章：菲菲

「佢對個個都咁絕情，至少對你好公平。」

以前我覺得芯玥嘅絕情係扮出嚟，佢係逼自己放低我，因為佢內心深處好愛我同放唔低。

事實係得我一個放唔低。我唔係特別嗰個，諗返芯玥去到同前度訂咗婚，都可以話唔嫁就唔嫁，佢從來都係咁絕情，對所有對象一視同仁。

「係囉，你成日諗如果再同佢一齊會好幸福會點點點，淨係諗啲好嘢，又有無諗過一齊之後嘅衰嘢？可能就算去到佢應承你求婚，最後都悔婚架喎。」

「咪係。反正你都係諗如果，都係諗未發生嘅嘢，都係諗可能性，好事壞事都有機會發生，點解你淨係諗一齊返一定係好事？」

就好似想買架車咁，成日諗有咗架車可以周街去，好型溝死女仲可以扮拓海，但就無諗會撞車，入油泊車同維修樣樣都係錢。我諗無人會喺買車嗰陣諗部車撞爛個樣，但事實就係你有車嗰陣就自然多咗一個「撞車」嘅可能性。

《心跳500天》嘅一句：「You always remember the good things」每個分手嘅人其實除咗「回想」，仲會「Always imagine the good things」。回想過去同佢一齊嘅美好，幻想未來有佢嘅幸福。

蠔哥就係話我知，唔好淨係幻想同佢一齊嘅美好，唔好吓吓諗住有多個機會一齊就可以幸福到老。

如果我同芯玥無分手，行到依家……

「芯玥，嫁畀我。」

「……好。」

我會好投入咁去籌備婚禮，去揀酒樓、影婚紗相、卜酒店、準備蜜月旅行、買花買戒指，每日都心心念念想嗰日快啲到。我哋會買樓，建立一個細細嘅安樂窩，生一仔一女，睇住佢哋長大，我哋就白頭到老，老咗我都仲會拖實佢過馬路……

「鄧芯玥，你願唔願意成為何金耀嘅合法妻子？」

既然芯玥對上一個都係咁，我又憑咩覺得自己係例外？佢仲要唔係為咗令我死心先同我講，一直覺得我唔夠上進，一個我自己從來無自覺嘅問題。如果我一路無同佢分手，我一定都仲係為人工做嘢，無人生目標。而芯玥唔到頂唔順嘅關頭都唔會話我知。佢只會一直唔滿意，收收埋埋，到最後爆發，做佢覺得必須做嘅事。

「…………我……唔願意。」

你以為自己係佢嘅真命天子，其實只不過係佢嘅悔婚對象。

我開始唔去問「點解芯玥唔愛我」依個問題，要理性原因的話，喺黃埔海濱已經親耳聽晒。至於感性原因，當我諗返我唔愛晴晴其實都係無得解嗰陣，我亦明白到芯玥一樣可以唔愛我，同樣無得解。

「咁……就算最後佢都係悔婚，起碼我賺咗同佢相處到結婚前嘅時間吖？」

蠔哥激動到係咁搖我膊頭：「幻想嚟架咋，個事實係你無咗佢好耐喇，已經六年喇。」

「我知，依六年我都有嘗試放低吖，我有再拍拖架喎。」

「你都識講你係試，即係未放低啦，依家再見返佢就更加確定你未放低，咁當初你同人拍拖就唔係真心鍾意對方。」而係「試吓同人一齊睇吓對放低有無幫助」，同佢哋拍拖嘅核心並唔係愛。

放低變咗終極目標，所以我只係搵個人拍拖。

「你唔記得當初同晴晴一齊嗰陣嘅理由咩？你話，佢對你好，完喇。唔係你好鍾意佢，係佢對你好。」

「你只係搵個對你好嘅人陪你行放低嘅過程。即係你病咗，之前嗰三個仆街都話之你死，唔畀藥唔畀飯你食等你自生自滅。之後到晴晴，你搵到個看護肯照顧你日常需要，等你安心醫病之嘛。但你好返，都唔會同個看護過人世架。」

蠔腎你一言我一語，好似喺我腦入面放震撼彈咁。

「唔係識咗下一個先放低，係放低先識下一個。下一個唔係幫你放低嘅工具，係一個人嚟。」

「你兩個……今次真係吓吓睇住我死穴鏗落嚟喎。」

蠔腎互望一眼，蠔哥向來都係一矢中的嘅人：「都六年啦。做朋友嘅，一係聽你呻完全唔批評淨係陪住你，一係就鬧醒你架啫。咁之前我哋都聽你呻咗咁耐啦，我覺得今次依單嘢係要鬧醒你。」

相反雞腎就係溫柔嗰個：「蠔哥都錯唔晒架。不過又咁，今日話你，又唔代表聽日你有咩困擾嚟搵我哋嗰陣，我哋唔聽你呻架喎。」

雞腎喺手機開咗隻歌，個前奏好熟。

「記唔記得六年前去台灣搵你，我講過咩呀？」

六年前，雞腎介紹咗隻歌畀我聽。

蘇打綠嘅《下雨的夜晚》

她用她遺忘的本能走了那麼遠，
一直到今天你還，為她紀念。
你用慢半拍的腳步走得那麼累，
一直到今天她都，沒有察覺。
心疼你不懂告別，
讓過往不斷上演。
記憶的上空倔強地盤旋著那一天。

第四章：菲菲

下雨的夜晚你的心，整個都摔碎了。
讓雨水，靜靜掩護你的眼淚。
我不會問，不會說你太傻了一點。
濕透了，

「我會在這裡，陪著你。」

像一個演員把悲傷當作是排練，
白天被馴服夜晚，卻更劇烈。
像一片落葉墜落前枯黃的紛飛，
情緒越沈重，就越貼近地面。
心疼你，不肯停歇，
離不開，固執欲絕。
謊言容易懂，真相卻總難以去面對。
下雨的夜晚，你的心，整個都摔碎了。

讓雨水，靜靜掩護你的眼淚。

「我不會問，不會說你太傻了一點。」

濕透了，我會在這裡。

放晴的夜晚，你的心，終於悄悄睡了。
讓月光，靜靜蒸發你的眼淚。
誰都別問，都別勸你要聰明一點。
雨停了，我還在這裡。

「喂我都喺度架。」蠔哥補充。

受傷了，誰都會哭泣。
哭完了，別否定過去。
快樂的、美好的，都還在這裡，等著你。

第四章：菲菲

的確，依六年嚟芯玥一早就唔喺我身邊，但一班朋友仲喺我身邊，除咗移民嗰堆。喺依個最壞嘅時代，佢哋選擇咗留低，留喺香港，亦留咗喺我身邊。雖然就唔係為咗我先留低架喇，但總之個結果就係佢哋咁多年都仲陪住我。

我望住佢兩個，舉杯，乾杯。

「真係好彩有你哋。」

「飲啦，講咁多做咩吖。」

我望住酒杯，唔知點解諗到一樣嘢：「我係好彩，有你哋、有屋企人，但有啲人唔似我咁好彩，如果失戀之後無朋友，家人，自己又諗埋一邊，都幾慘。」

一個靈感喺腦海入面乍現，一件我想做嘅事。

「都仲有同事嘅。」依句令我諗起霞姨。

「連同事都無呢？」

「咁嗰個人要好好反省吓點解自己人生除咗愛情之外乜都無。」蠔哥總係咁直接。

「其實太側重任何一樣嘢嘅人生都唔健康嘅，如果真係除咗另一半就乜都無，咁另一半離開都係一個警號囉，等嗰個人發現自己原來係乜都無。往後嘅人生要有返屋企人同朋友。」

「同埋外面都有堆專業人士架嘛，有無用就難講啲啦，起碼都叫有人搵。」

「同個外人講自己嘢唔係咁易架嘛。」我就試過花咗一段時間先放得下心防同個輔導員講芯玥嘅事。

依家諗返都仲係好尷尬。

「所以咪要搵我哋囉。」

糾結咗一陣，我決定將自己嘅不安講出嚟。

「我怕……你哋會覺得我煩。」

蠔瞖兩個一齊失笑：「蘿蔔可能會嘅，我哋一定唔會囉，都聽咗咁多年啦！」

「就算屌醒你，個目的都係想你醒，唔係等你唔再煩我哋。」就好似我覺得自己係垃圾嗰陣，阿媽同我講我係佢嘅驕傲咁，當我擔心自己會煩到朋友嘅時候，其實佢哋從來無咁諗過。

依啲瞬間，總係令人感動。

而好認真，無芯玥依個女人雖然我會少好多痛苦，但亦唔會感受到痛苦之中嘅感動。

嗰晚我飲到好醉，佢哋幫我叫車返屋企，又係一沖完涼就大覺瞓。第二朝起身，我好驚奇自己點解會不知不覺間瞓著咗，亦好意外飲醉咗都無諗起芯玥。

我揸住頭痛咁返工。

痛苦當然唔會一兩日就完全消失，過幾日又會好似潮漲嘅海浪湧上心頭。亦因為狀態差，影響咗我工作表現，連連揹鑊。

「你見點呀金仔？依排好唔妥咁喎。見你無主動講我都無問，嗰日唔順利呀？」

第四章：菲菲

「何止唔順利。」

我將成件事又講一次畀霞姨聽。

「你幫我占卜嗰次，其實全部中晒。最後結局係死神吖嘛，仲好記得架。」講完我就抱住頭：「唉，前幾日仲因為飲醉無諗起佢好鬼開心，點知過幾日又嚟過，點搞呀？」

同以前一樣，每當我過咗一段時間無啦啦諗返起芯玥，就會覺得自己好無用。

「諗通同放低唔係燈掣，唔係一撳就會無晒架喎。」霞姨話。

「但我仲會諗起……好無用……我唔想再諗起佢但都控制唔到。同啲話戒毒嘅道友又走去吸毒有咩分別？」

我望住自己兜咖哩吉豬飯，完全無胃口。

「你經歷咗嘅人生就自然有記憶，諗返以前咪諗返囉，回憶本身係無錯架喎，唔使向自己施壓。」霞姨一路講，一路搵返佢盒塔羅牌出嚟：「唔好將個人價值依附喺感情上，你就係你，感情失敗唔代表你失敗。同樣道理，諗起只係諗起，唔代表你無用。」

霞姨拎出死神牌遞畀我：「你一路都無聽依隻牌嘅解讀。」

「咪就係死神囉，唔使解啦。」

「好多人都好驚塔羅占卜抽到死神，因為覺得一定係唔好。但其實依隻牌係最有積極同正面意義嘅一隻。」

我接過死神牌，聽霞姨講埋落去：「死神表示你生命中一個重要階段結束，新階段即將開始。你會經歷一個重大改變。舊嘅你會『死亡』，但大破大立，置之死地而後生，咁先會有新嘅你。」

望住死神牌，我諗返當日問過自己嘅問題。

如果唔係重新喺返埋一齊，到底我再遇返芯玥有咩意義？

「依段經歷對你嚟講可能好可怕，意味你需要放低生活中唔健康嘅依戀。學習面對依樣嘢逝去，明白『釋懷』都係生命入面重要嘅組成部分之一，接受佢、繼續前進。依個先係死神牌真正嘅意義。」

或者，再次遇上芯玥嘅意義，係要我真真正正咁放下。

「死神邊有咁正面呀？」

「睇你點睇架啫，死嗰面就肯定無得救架喇，即係個結果一定係終結，但重點係終結之後你會改變。」

霞姨見我遲遲無郁個咖哩吉豬飯，對眼發晒光咁。我都好識做，推比佢食。佢已經食完自己個餐，仲食到我個飯⋯⋯

「返去嗰陣買多個雞蛋仔同腸粉先。」

我畀返張死神牌霞姨，再拎兩嚿水出嚟埋單。

「吓？搞咩呀？」

「請你食飯吖嘛，講咗咁耐啦都。」

「話咗你有拖拍先請架嘛。」

「得啦，我請就我請。一陣雞蛋仔同腸粉都入我數嘅。」

「咁⋯⋯多謝晒喇喎！」係我多謝你先真。

第四章：菲菲

嗰晚，我想嘗試再去ｴ記識新人，但又諗到未確定自己係咪真係放低，都係唔好急住搵下一個，費事又搞到之前同晴晴咁。

「星期六得唔得閒？」

估唔到我唔主動搵人，竟然有人主動搵我，就係菲菲。

「得呀，做咩？」

「好悶想出吓街。」

「去邊先？」

「去摘士多啤梨。」

我咁大個仔都未摘過，完全唔知咩嚟，同埋我本身都唔係太鍾意食士多啤梨。不過見無嘢做又有靚女約，梗係幾歹都去馬。

「女女會唔會詐我型架？」

「無女呀。」

「上個禮拜見面嗰個呢？」

「一匹布咁長，見面再講。」

於是星期六我就同咗菲菲入元朗國，喺元朗站等。

「有無帶護照？」見面第一句就開始鳩噏。

「無呀，捉到咪遣返我囉。」

「有啲膽色喎。」

「我個膽色就藍色嘅，自己友呀。」

「咁你死啦，我哋去嗰個場係黃架。」

「但我條底褲好黃。」

「你篤尿就黃！」有啲人係連黃藍講笑都接受唔到，而菲菲雖然有自己嘅堅持但都會同我講吓笑，咁樣相處輕鬆啲。

我哋搭住架好多人好逼嘅村巴入去士多啤梨園。

「係喎，見面之後點呀？」

「原來佢係我個 ex。」又講多次，已經第四次講，覺得有啲厭。而我對自己「講第四次就厭」幾滿意，因為六年前同芯玥分手我差唔多講咗四五十次先厭。

「咁你都好吖，知道晒啲答案。」

反而我一直都唔知菲菲同嗰位放唔低嘅前度嘅故事。

「我就無你咁好彩，所有問題都仲係自己糾結，無機會知道真正嘅答案。」

菲菲其實都拍過幾次拖，只係一直都放唔低個初戀。

「可能同佢經歷咗太多特別嘅事，我嘅好多個第一次都畀咗佢。」

第四章：菲菲

唔止上床，仲有第一次去旅行、第一次睇雪、第一次考入大學、第一次養寵物、第一次……好多好多事都係同初戀一齊經歷，當時以為都經歷咗咁多嘢，實會結婚，點知有一日對方就同佢講：「我唔愛你喇，我哋分手啦。」

「點解呀？」

「愛情係無點解。嗰種感覺無咗就無咗，我唔想呃自己然後浪費你嘅青春。」

「係咪我做錯啲咩？」

「唔係你嘅錯，亦唔係我嘅錯。無人錯。」

但係分手到依家，菲菲都不停問緊同一個問題。

「我到底做錯咗啲乜？」

唔係每個問題都有答案，佢亦無再遇返依個男仔。

「有無試過不停諗返過去每一日，想檢視返到底係由幾時開始出錯？如果嗰日我無發脾氣，又或者再早啲嘅日子我有記住佢想睇嗰套戲，係咪就可以唔分手？」

我點點頭，我都真係試過。不停喺回憶入面想除錯，點解我要去台灣？點解我唔冷靜啲？點解唔相信芯玥？點解唔控制好自己嘅情緒？

「分手之後，佢就喺我生命中消失咗。我無再見過佢，所有社交媒體佢都無再用，連電話都轉埋。」

「係咪啲老套電視劇情節呀？有絕症唔想你傷心嗰啲？」

「我又真係有問過伯母呀，你個仔係咪死咗？佢有覆我，話未死。」聽到佢咁直接我都笑咗。

「你唔問吓伯母佢過成點？」

「幾好呀，有心。希望你都快啲搵過個男朋友啦。」

「有無問到佢個仔點解無端端分手？」

「佢話佢都好唔明，因為佢都好鍾意我，佢都以為我哋會結婚，所以知道我哋分咗手都好驚訝。」

「佢依家有無新女朋友？」

「唔敢問呀。我知我仲未接受到。」

終於行到士多啤梨園，菲菲雙手放喺後腰轉身望向我：「你覺得我做錯咩先會搞成咁？」

好似有另一個我問緊我相同嘅問題咁。

我突然諗起《大隻佬》嘅李鳳儀，芯玥嘅家姐，佢哋係做錯咩而要死？

「或者……有時我哋就係要接受，就算我哋無做錯，對方都可以唔愛。」所以個重點唔係做錯乜嘢，要完嘅愛情，你做咩晒所有嘢都係會完。對方愛你嗰陣，全世界都覺得你錯晒嘅時候佢都會愛你。

「如果愛同唔愛可以話變就變，咁係咪變嗰陣，做咩都無用？」

我都問過芯玥同一個問題。

我點點頭。

「我哋可以做嘅，只有相愛嗰陣盡全力去愛，係得咁多。當年你有無盡全力去愛佢？」

菲菲眼泛淚光，但夾硬忍住：「有，我真係有。」

第四章：菲菲

「咁就無做錯任何嘢，只係段愛情已經要完。」

「點解佢要完？」

「有無睇過《大隻佬》？」

「有。」

「李鳳儀點解要死？」

菲菲好似已經有少少明白：「因為個日本兵殺人。」我都幾驚訝佢會答得出。

「但李鳳儀唔係日本兵。」

「日本兵亦唔係李鳳儀。」菲菲馬上接住講落去。

「只係日本兵殺咗人。」

「李鳳儀就要死。」

如果萬物都會終結，生命如是，愛情亦如是，我哋就算做好人都會因為天意而死，咁愛情上我哋就算無做錯，對方都可以話唔愛就唔愛。

沉默咗一陣，菲菲深呼吸一口氣：「入去喇。」

嗰日士多啤梨園好多一家大細去玩，見到好多小朋友都去摘。人多但地方夠大，去摘嘢嗰陣都唔會逼。嗰啲士多啤梨品種我一個都唔識，總之菲菲行去邊我就跟到邊。

「你幫我影港女相。」

原來菲菲拎咗部菲林相機，好彩我細個都有玩過吓，就幫佢影相。

「唔包影得好架。」

「就係唔知影得好唔好，曬嗰吓先刺激架嘛！」

有啲人會覺得玩得菲林相機就要影得好好，唔可以浪費每一格菲林，但菲菲就係好隨性嗰種玩法，覺得到沖晒嗰吓先知張相係點好過癮。

一路影一路摘，菲菲同我講淡雪最好食，不過被人摘晒。

佢對種嘢都好有研究，睇到啲樹葉就知嗰棵係咩植物。

「你都識幾多奇奇怪怪嘅嘢架喎。」

「同初戀分咗手之後一路都好傷心，咪發掘吓啲新嘢玩囉。搵到鍾意嘅嘢做吓分散吓注意力，都真係有少少幫助。」

「我之前都有，失戀之後走去學打乒乓波。」

「我都有興趣喎，下次教我！」

愈摘愈熱，我就捲起衫袖，伸咗個懶腰，咁啱被菲菲見到。

「綺夢？」

「你又鳩噏乜嘢呀？」

第四章：菲菲

「你邊位呀？我同綺夢講嘢幾時輪到你搭嗲？」

原來菲菲見到我格甩底有粒墨，我即刻夾返實對手。

「綺夢攰喇。」

我哋兩個都忍唔住爆笑。估唔到咁無聊嘅嘢，兩個內心情傷都未好返嘅人可以一齊笑得咁大聲。

摘完士多啤梨，我哋就即場喺嗰度食，菲菲仲自備煉奶。

「私家煉奶喎。」

「咁食好正架。」

「我都試過以前大學去食堂買炒飯食嗰陣自己帶枝辣豉油去落。」

「抄我。」

菲菲將煉奶擠落士多啤梨度，遞畀我。

「平時好少食士多啤梨，係咪真係正架？」

「超正！信我！」

估唔到又真係幾好食，我食到「嘩」咗出聲。

「你食到正嘢個樣好好笑！」菲菲笑到人仰馬翻咁。

「吓，我唔覺有咩好笑喎。」

菲菲冷靜咗吓，抹一抹眼水：「好想見吓你食其他嘢個樣。」

「下次食辣囉，講咗咁耐都未食。」

「怕你呀？嚟囉！」

於是我哋又約好咗下星期去食麻辣火鍋。

返到屋企樓下，心癮起，走咗去超級市場買士多啤梨同煉奶。我同菲菲有夾嘅地方，亦有唔同嘅興趣，只不過我無諗過試完之後自己會鍾意。

之後我又去睇吓啲菲林相機，想買一部自己研究下。

「送首歌畀你。」

菲菲推介我聽 byejack 嘅《錯愛》。

在遠方天邊望着你我，
在人海中浮遊跌墮。
泛起我的心瓣漂遠方，
在你的窗邊輕輕帶過。

第四章：菲菲

好似我已經死咗咁，靈魂穿越時空再次去到芯玥屋企窗邊。

墜落那片沙土隔絕俗世荒島，
世道裏，放下一念一剎。
情感的絲縷無盡困惑。
曾發現過相思的一對，
忘卻舊情心碎。

望返過去，何金耀同鄧芯玥曾經有過一段情。

離開以後，發覺愛不夠。
明知結局，早已看得通透。
煙花散落時，有太多失意，
道別重聚太過沒意思。

我已經知道依個愛情故事嘅結局，道別同重聚都無任何意思。

最心愛的星空已不再，
星星散落到漆黑中，太難盛載。
這故事從頭再篡改，
仍不可相愛。

我聽到無力一笑，真係從頭再篡改仍不可相愛，依個就係我同芯玥嘅結局。

發誓要跟你再試一次，
發誓過和你緊抱一輩子。
那道別懸浮在半空，
跌落懸崖，告終。

就算心中幾想幾想同芯玥再試一次，幾想同佢白頭到老，一切都係跌落懸崖告終。

離開以後，發覺愛不夠。
明知結局，早已看得通透。

第四章：菲菲

煙花散落時，有太多失意，
道別重聚太過沒意思。

最心愛的星空已不再。
星星散落到漆黑中，太難盛載。
這故事，從頭再刪改，
仍不可相愛。

要接受我同芯玥嘅故事真係要畫上句號，我同佢已經無可能再相愛。夠架喇，何金耀。

離開以後，發覺愛不夠。
明知結局，早已變得通透。
煙花散落時，有太多失意，
道別重聚太過沒意思。

最心愛的星空已不再。

星星散落到漆黑中，太難盛載。

這故事，從頭，再刪改……

仍不可相愛。

唔係菲菲介紹，我都唔會聽到依啲歌。佢同我有夾嘅地方，但唔同嘅嗜好更加多。原來我接觸咗之後，發覺自己都鍾意。當我鍾意嘅嘢愈多愈特別，要搵到另一個同樣鍾意嗰啲嘢嘅人就愈難。但點解一定要追求所有嘢都夾嘅人呢?好似菲菲咁，就算鍾意嘅嘢唔同，都可以令我試完之後愛上。如果我哋拍拖的話，本身唔夾都可以變到夾。

或者……我可以試吓同菲菲一齊?

到下一次見，我哋約好下午飲杯咖啡先，再去食痳辣火鍋。其實平時我係唔飲咖啡，就算飲都一定係多奶嗰隻。我叫咗杯給匹千勞，菲菲就叫咗咖啡湯力。

「要唔要試吓?」平時我見到黑色齋啡一定唔會飲，但見菲菲介紹嘅嘢次次都無伏，所以試咗一啖。

意想不到嘅好飲。

「痴線，乜咁正架?」

「你都勁喎，第一次飲咖啡湯力就頂得順，仲話好飲。」

「真係好飲喎。」

第四章：菲菲

菲菲交換我哋杯嘢飲：「交換飲啦。」

「次次同你一齊，就會發掘到啲新嘢，仲要我鍾意嘅。」

「咁我以後又多個人陪我飲咖啡喇！」

菲菲又同我講每種咖啡係點分，其實就係咖啡溝水定溝奶，啡奶嘅比例幾多。

Espresso 係濃縮齋啡，最細杯最出啡味，但唔係個個頂得順，所以會溝其他嘢落去。

Americano 係溝水，啡先水後。

「即係咖啡滾水。」菲菲一路講我就一路用啲茶餐廳術語改咗個叫法。

菲菲笑完就繼續講落去。

Long black 都係溝水，水先啡後。

「即係滾水咖啡。」

「喂呀！唔准再引我笑呀！」

Espresso soda 就溝梳打水。

Espresso tonic 就溝湯力水。

溝奶就最常見嘅 latte，三分一啡，三分二奶。

Flat white 肥威就係少泡版 latte。

Cappuccino 給匹千勞就啡奶泡各佔三分一。

Dirty 係一杯奶上面倒 Espresso 落去。

「即係多奶少啡。」

「你應該去開茶餐廳。」

「西式咖啡最衰就係無啡走。」

「諗個高貴啲嘅名比佢囉，之後賣貴三四倍。」

「Espresso go」菲菲笑到噴啡，我即刻比紙巾佢：「有無咁誇張呀！」

「殺我一個措手不及呀大佬！」

就喺我哋飲完咖啡，準備行去食麻辣火鍋嘅時候，我試探式咁掂下菲菲手背。見佢無縮，我就把心一橫拖咗落去。菲菲好快縮開手。

仆街了……

我哋兩個漸漸沉默落嚟，氣氛好尷尬。

「唉……我……對唔住。」

「記唔記得我哋一開始講過咩？」

「做住朋友先。」

「你知我未放得低初戀架嘛？」

「知道。」

第四章：菲菲

「我已經試過未放低就同人開始幾次，每一次都無好結果。」

有過同晴晴一齊嘅經驗，我都好明白。

「我都試過。」

「所以我先話……做住朋友先。」菲菲大大嘅雙眼望實我：「你好鍾意我咩？」

被佢咁樣問法，我先真正問自己。

「嘩嘩，要諗嘅。第一個反應無得呃人，你都唔係鍾意我，我又未放得低，我哋無好結果架。」

我純粹只係覺得氣氛幾啱想試吓同佢得唔得。

「我唔想再用下一個嚟試。」

蠔豎已經同我講過，下一個唔係幫你放低嘅工具，而係一個人。

我明明已經聽過，原來到做嗰陣都係會錯，真係抵死。

菲菲拉一拉我，我哋嘅目的地轉去旺角嘅樓上舖。

「唔該，拎菲林。」

菲菲拎完，就同我一齊睇。

佢幫我影嘅相都好靚，反而我影嘅就鬆郁矇，不過都有幾張靚相。

「第一次影菲林，算係咁啦。」菲菲將有我嘅相畀咗我。

「本身諗住係下一次見面嘅活動。」

言下之意，就係無下次見面。

我覺得有啲可惜，但無傷心，亦無問點解。

「玩交友 app 係咁架啦，本來就係傾到一日唔代表第二日都會傾，第一通電話後就可能消失，第一次見面之後就可能唔會再見。」菲菲嘅說話，好似令我有多咗一個角度回望返我同佢，甚至同芯玥嘅關係。

芯玥都講過，佢就好似見面後發現我係個光頭中年肥佬咁。其實就算佢真係另一個人，都可以因為我唔合佢眼緣彈我鐘。

重點係，當佢仲係「阿琴」嗰陣，我唔知佢係邊個，但我再次有返鍾意一個人嘅感覺。

我一直都係驚自己無辦法再愛人，但現實係我可以再愛，淨係知道自己有返依種感覺，已經係同阿琴依段關係入面最大嘅得著。的而且確，我對菲菲未有依種鍾意，但交友 app 就係咁，今日搵唔到鍾意嘅，聽日可能搵到。依個對你無興趣，唔代表下一個對你無興趣。

當自己可以放得開，交友 app 就會有無限可能性。可以遇到個好夾嘅女仔，亦可以遇到本身唔太夾，但可以令你試到其他興趣嘅女仔。

如果我同佢都放低咗，話唔定今日係可以拖住手。但好夾嘅唔一定一齊，令你發掘到新興趣嘅人亦唔一定會拍拖。

「無錯，遊戲規則一直都係咁。」

你會發現付出真心有時都無回報，芯玥嗰陣就係咁。何況我依家連真心都無付出？不過當你放低咗，向前行，

第四章：菲菲

總會遇到一個愛你因為你係你嘅人。

用玩交友 app 嘅角度睇，芯玥係第一次見面就彈我鐘嘅女仔，菲菲係出過幾次街之後就無下文嘅女仔。

我以前唔相信芯玥以外嘅可能性，但如果連撞返個 ex 都可以發生，撞到個真心相愛嘅人點解唔可以？

最後，菲菲帶咗我去海邊。

「我唔知對你有無用，但我當時咁做完係舒服啲。當係多謝你解答咗我個問題。」

「唔係對海大嗌啩？」

「你有睇《大隻佬》，咁應該都有睇《我左眼見到鬼》啦？」

你老公喺海度死嘅，對住個海嗌啦。

「唔好啦，咁老土。」何麗珠屋企周圍無人就話可以嗌喏，依度咁多人望住……

「嗌啦，講反話，愛佢就話唔愛佢，掛住佢就話唔掛住佢。」

一諗起何麗珠對海嗌嗰場戲，我就眼濕濕，悲從中來嘅情緒令我無視咗身邊嘅路人。

「芯玥！！！我好愛你呀！！！我好想你返嚟呀！！！你聽唔聽到呀？我真係好愛你，好愛好愛！好想見多你一眼攬多你一吓，我放唔低你呀！你真係聽唔到呀？我愛你！我好愛你呀！！！！」

菲菲呆呆望住我，身邊嘅路人經過嗰陣都望吓我。

我大口大口咁吸氣，菲菲拍吓我膊頭。

「叫你講反話喎。」

我輕輕一笑，不置可否。

「祝你早日放低。」

「你都係。你送過兩隻歌畀我，我回禮送返一首畀你。」

我哋兩個就咁望住個海聽完首歌。

菲菲嫣然一笑：「多謝你。」

相濡以沫，不如相忘於江湖。

嗰日我哋卜好嘅麻辣火鍋嗰張枱，就咁丟空，直到十五分鐘之後被街客補上。

第四章：菲菲

垂頭前，沒緣份喪氣

睡到醒，才站立得起

盲目過，便看到天機反復往來

又再做回自己

即使一生多出一根刺

沒有刺痛別要知

就當共你，有劇情沒有故事

終章：不來也不去

終章：不來也不去

就係咁，我又要由零重新開始。IG入面無晒人，IT記就重新再識過人，但都係同人傾吓閒偈，無乜打算深入發展落去。

依段時間我都好認真咁諗自己實際上想做乜嘢，我唔想再渾渾噩噩咁過日子。

嗰樣想做嘅事好似種咗喺心頭，揮之不去。

某個下午食飯時間，我要辭職嘅事已經通晒天，全公司都知道。

當中最關心我嘅當然係霞姨：「無啦啦辭職嘅？之前都無聽你講過。」

「我都係前幾日先決定。」

「有新工啦？」

「無呀，想畀一兩年自己闖下。」

「都廿七歲喇喎，依家先嚟闖？」

「過咗廿七年都無試過做自己真心鍾意做嘅嘢，趁三十歲前咪闖吓囉。」係芯玥點醒咗我，我亦知道自己需要改變。

「咁你已經有嘢想做？」

「有呀。」

霞姨雙眼發光：「又係時候幫你占個卜喇！」

我抽中咗逆位戰車。

「唔……你好想事業會成功，而且對依樣要做嘅事好有熱情，你本身喺依方面嘅能力都唔錯。不過要留意依條路比想像中難行，會有好多問題，但你只要一直努力的話係會成功。都唔錯喎！」

有無能力真係唔知，從來都無試過做，但占卜咁講就信住先啦。至於會有好多問題，由我決定去做開始已經好清楚。

依一兩年認真去做想做嘅事，唔得咪做返依家依行，無壞嘅。

「祝你前程錦繡！」

最後一日我又請咗霞姨食雞蛋仔、格仔餅同混醬腸粉。

返屋企嘅時候，咁啱經過樓下有間扭蛋鋪，被我見到寵物小精靈嘅扭蛋。竟然有隻百變怪。

又係六隻入面得一隻係我想要嘅。

咁多年嚟我都無乜興致再扭扭蛋，但見到百變怪真係忍唔住。

我諗起芯玥一吓就扭到我想要嗰隻。

我一直認為唔會再識到另一個可以一抽入魂送我鍾意嘅扭蛋畀我嘅女朋友。

依家我身邊亦一個人都無。

咁咪試吓自己抽囉，反正鍾意。

終章：不來也不去

嘟完八達通，扭動。

咔！咔！咔！

我望住個蛋殼，心諗邊有咁易中吖？

打開，中咗。就係我想要嗰隻。

我忍唔住笑咗，釋懷嘅笑。我一直都係諗唔會再有另一個一抽入魂嘅女朋友，但我無諗過，原來我自己，都可以一抽就中。

我開始無再諗芯玥嘅嘢，就算諗起都無再有傷心嘅感覺。

諗起就係諗起，諗起咪諗起囉。

屋企電視開住《戀情告急》，去到結尾古天樂嘅獨白：「戀愛會結束，經歷會留低，陪我哋繼續戀愛。」

「我終於明白到，原來每一份戀愛，放喺個心入面，已經係天長地久㗎喇。」

唔浪漫嘅古天樂為咗愛而學習浪漫，嚮往浪漫嘅梁詠琪當遇到另一個男人畀到心目中嘅浪漫佢，原來佢都頂唔順。甄子丹作為一個完美嘅男人，成套戲無做錯過任何嘢，但梁詠琪最後都係無揀佢。

套戲結局都係男女主角喺返埋一齊。

我明白到，依個世界總有啲情侶係可以復合，只係唔係我啫。但諗吓諗吓，我又覺得自己已經唔需要復合。

睇完《戀情告急》，我又睇多次《心跳 500 天》。

男主角被人飛咗之後，佢都辭咗本身做心意卡嘅公司，頹廢咗一輪就去嘗試應徵做建築設計師。

「It's a boy meets girl story but not a love story.」

套戲從來都係講男主角點樣放低女主角，點樣唔再被「真命天女」嘅幻象蒙蔽，點樣成為一個更加好嘅自己。

女主角最後喺長凳同男主角嘅對話，當男主角全盤否定自己嘅愛情觀嘅時候，女主角同佢講，嗰種愛情觀一直都無錯，因為當愛情降臨喺佢身上，佢都有同樣嘅感覺。

只係女主角唔愛男主角。

人生在世就係要接受，有啲人唔會愛自己，有啲人愛過又可以變得唔愛。

依啲情況同李鳳儀點解要死一樣，係無得問點解。

但既然有人係你做乜佢都唔愛，自然會有啲人係你乜都唔做佢都愛，有啲人本身唔愛你亦可以變得愛你。

我哋可以做嘅就只有相愛嘅時候盡力去愛。

我望住頭先扭返嚟嘅百變怪，決定由今日開始做自己想做嘅事。

我開住介紹畀菲菲聽嘅《不來也不去》，打開手機。

終章：不來也不去

揚帆時，人潮沒有你。
我是我，和途人一起。
停頓時，在你笑開的眼眉，
望穿秋水之美。

如果我要寫一個故事，都會係一個男仔遇上另一個女仔嘅故事，但唔係愛情故事。

回程時，浪淘盡了你。
任背影，長睡著不起。
留下我，在糞土當中翻檢背囊，
直到拾回自己。

掌心因此多出一根刺，
沒有刺痛便懶知。
就當共你有舊情沒有往事。

如烟，因給你遮過火。
如火，卻也沒熔掉我。

或者我嘅經歷可以幫到某啲人都唔定。

回望最初，當喪失是得著可不可？
可痛若驪歌，樂如兒歌，
像你沒來過，沒去過。

就算無辦法令人開心返同放低晒，但畀佢哋知道依個世界上有我咁嘅人，有咁嘅心路歷程，或者可以減輕少少佢哋嘅痛苦，又或者令佢哋多一個角度去睇自己所放唔低嘅人，咁已經足夠。

誰同行，仍同樣結尾。
血液裡，才遺傳悲喜。
誰亦難，避過這一身客塵，
但剛巧出於你。

終章：不來也不去

垂頭前，沒緣份喪氣。
睡到醒，才站立得起。
盲目過，便看到天機反復往來，
又再做回自己。

即使一生多出一根刺，
沒有刺痛別要知。
就當共你，有劇情沒有故事。

如烟，因給你遞過火。
如火，卻也沒熔掉我。
回望最初，當喪失是得著可不可？
可痛若驪歌，樂如兒歌。
像你沒來過，沒去過。

你問我仲會唔會在意下一個女朋友可唔可以一次就夾到我想要嘅公仔？我已經無再問依個問題。
原來有好多問題，漸漸我哋會唔再重視答案，甚至會忘記依個問題嘅存在。

如花，超生了沒有果。
如果，過路能重踏過……
就當最初，是碎步湖上可不可？

我唔知自己喺依條路上可以行到幾遠，但我會努力，由今日，依個故事開始。

不種下甚麼，摘來甚麼。
像我沒來過……
沒去過。

唔……故事名……
就叫《是咁的，玩匿名交友 app 撞返個 ex》。

完

終章：不來也不去

陣間完咗去唔去飲杯咖啡？

哈，你唔驚我已經有女朋友咩？

咁咪有緣無份囉

又真係未有嘅

一陣見～

尾聲：嗰晚，我好開心

尾聲：嗰晚，我好開心

我出道第二年嘅書展，好好彩有第二年，估唔到都幾多人攞返第一本書嚟畀我簽。

我離遠已經見到佢拎住我本出道作排緊隊。

「估唔到係你喎。我都奇怪架喇，點解有啲嘢好似我同你講過咁。」

「抽咗十分一真實嘢出嚟再改編吓囉，費事完全真人真事吖嘛。」

「又寫得幾好喎。」

「有無幫到你少少咁多呀？」

「真係有嘅，都唔係少少。」

我喺佢本書上面簽名，寫上「菲菲」兩隻字。

「下款寫金魚！」我順佢意，喺簽名位旁邊寫「金魚」。

「陣間完咗去唔去飲杯咖啡？」

我望向菲菲：「哈，你唔驚我已經有女朋友咩？」

「咁咪有緣無份囉。」

我笑一笑：「又真係未有嘅。」

菲菲拎咗我枝筆，寫咗個電話喺我手心。

「一陣見。」

嗰晚，我好開心，因為食緊麻辣火鍋嘅，有兩個人。

全文完

尾聲：嘓晚，我好開心

後記

首次見面的讀者你們好，好久不見的讀者們，好久不見了，近來好嗎？我是做金庸的男人，自二零一六年出道至今九年，明年會踏入第十個年頭，希望到時又有新作與大家見面。

說來慚愧，《交友 app》已是二零二二年十一月寫下的故事，然而由於工作上面對連續幾年的困難，分身乏術，這個故事不但沒有出版成書，在 penana 網站上連載的番外篇時至今日仍未完成，只到結局篇的進度，但相信這本書面世後不久，網上番外篇亦會正式完結。如果想看由芯玥的角度敘述的故事，歡迎到 penana 賜閱。

這次個人獨立出版也是一個很好的契機讓我回顧自己的寫作路，的起心肝把番外篇完成。那些一直付費支持我卻縱容我斷更的讀者們，不曾向我抱怨過一句，感謝你們願意諒解我正職工作量龐大又有很多時間在做一些看似徒勞無功的拆局。其實我正職的公司與我個人無關，我甚至已不是一個打工仔，因為連薪水都沒有，卻在看到老闆身邊一個人都沒有後感到於心不忍，下定決心陪他走公司破產前的最後一段路。

目前我們仍未知道公司最終的結局是怎樣，但無論是完結還是有幸重新開始，對我而言也是一個時代的終結。破產的話我就正正經經找工作，閒時寫小說，這段共患難堅持到底的經歷永遠留在我心底，已然成了我日後創作的養分了。要是公司奇蹟地復活，那也代表我這八年來的苦日子終於都捱過了，無論悲喜也是一個結局了。我無法控制人生能迎上好結局，但我得相信必定有好結局發生，卻也接受它不發生的結果，我早就看化了一切，沒了執著的得失心。

後記

說起來，這是二零二一年《是咁的，我畢業那年來了個奇怪轉校生》（可在 penana 上閱讀全文）自資出版後，時隔四年再次在後記中與大家聊聊自己的事。《它們的第一法則》推出時沒有寫後記，當時我就在寫著這個故事。《交友 app》的由來源自我的真實感受，如果你曾在交友軟體見過我，不用懷疑，那真的是我。一來當時分手後希望找個新女朋友，二來也希望體驗一下整個交友過程是怎麼樣的，創作故事的人有時真的要感受下不同的事物才會有一針見血的靈感。所幸那時真的靠交友軟體認識了另一半，我們都完全不知道對方的外表，單靠對話和聊天就能擦出火花，第一次見面就決定在一起了。

經過了三年的時間，搬過幾次家，還養了隻可愛的貓，幾乎實現了我小時候就夢想過的生活，渡過了快樂的三年。雖然最終還是因為我個人的脾氣和工作上的困局而未能繼續走下去，但我對她只有感謝和愧疚之情，是我做得還不夠好。正如書中所提到的，緣分要完結時就得完結，與我們在關係中做對什麼和做錯什麼毫無關係。

我驚異的是，這次自己重讀一次舊作，為自己的故事排版，仔細地校對每一個字時，彷彿看到了過去的自己留下給我的提示，看到文中一些句子，反而更開解了現在的我。

分手那天，我本來以為天大的事，也能透過一隻求婚戒指解決，當時我接下了一個電影劇本工作，大概一星期後就能收到一筆錢，哪怕金額未足以還清自己的信用卡債務，我也打算在收到薪水後購買戒指求婚，但聽完她分手跟我說的一些真心說話後，我好像被按下了開關似的，馬上知道這是求婚戒指也無法解決的問題。我日後也不懂得如何再面對她了，所以我很快放下這段感情，我很感謝上天的安排讓她清清楚楚地告訴我很多答案，也感謝她願意向我坦白，才使我能在短時間內釋懷。

大家看完故事應該知道我曾經多重視「答案」，因為我去台灣交流時跟我分手，令我難以放下她多年的女朋友就是沒把任何答案告訴過我，留下我獨自在多個失眠的晚上輾轉反側思考那些不可能知道答案的問題。到後來我自己想明白了，有些問題注定沒有答案，而自己經過時間沖淡後，也會漸漸不再重視那個問題了，原來放下一段感情有時也不需要答案。

我希望這兩種情況都能在故事中提到，對應讀者們分手後的不同狀態，說到底這個故事從一開始就是懷著幫助失戀的讀者多一個角度重看自己的感情，助他們盡早放下哪怕一點點而寫的。我很清楚沒法放下一段感情的痛苦有多大，也不希望看到其他人要經歷跟我相似或相同的經歷，太苦了，如果要承受痛苦的話還是由我來吧，然後我在跨過苦難後透過故事把自己的看法和想通的方法技巧傳達給讀者，讓哪怕多一個人盡早放下過去，懷著希望的心迎接未來的話，那這個故事已然成功了。

更感謝的是，這個故事在網上連載時很早就得到朋友們轉達我知：「我有些朋友看完你的故事真的釋懷了。」我沒有問及後續，但希望他們三年後的今天能牽著新的另一半，感受到當初放下舊情後迎接新情的感覺有多美好，曾經的苦難都成為他們昇華到另一個境界的養分了。就算自己之前過得多難堪，只要自救，就能遇到那個不管你多麼不濟都愛你的人。

這個故事的初心如同結局何金耀所說的話，就是幫助那些受了情傷的讀者，那也是我的真心話。只要創作是為了幫助人，為了傳遞愛，為了減少哪怕一個世上痛苦的人，這個故事在創作時就已經達到目的，與多少人看、多少人願意付費買書支持毫無關係。這個創作狀態就如有神助，我曾在寫出道作《是咁的，我的職業是幫人遺書》

後記

時感受過這種狀態，自己宛如成了透明的管道，讓上天（或一說阿卡西記錄）借我的手寫下助人的故事，開展了一場出書成為作家的奇遇。

我的責任編輯是我的恩人，她當時就說：「不知為何覺得你這個故事很值得出書。」我現在才真正明白那些「不知為何的感覺從何而來，因為那個故事本身就是我懷著善心想幫助人而寫的，她在個人領域上認為我的故事不止於網上（紙言上的點擊已近七百萬），值得出版成書接觸更多不會在網上看故事的人，所以才願意幫我。在我看來，所有毫無來由就願意幫人的人，如同神仙無疑，感謝我廿一歲時就遇到的神仙。這次自己排版出書，也因為她的幾句提點讓我走少很多冤枉路，很快就找到對的感覺，而我對排版的觸覺便是因為以前常看她為我排版的書在無意識中學習得到的，當然仍有不足，但始終是第一次排版，希望讀者們看到醜的設計也有怪莫怪，下次我會做得更好。

適逢出道九年，我想趁這個機會回顧一下自己的作品，把自己的過錯、教訓和創作心法一次過在這篇後記向所有讀者分享。不管你是個只看小說的人，還是立志希望創作故事的人，這些都是我的真實感受和經歷，希望對你們日後的創作有幫助，要是未來某天有創作人在言談間提及到小弟的作品和分享，我會感到很榮幸，也感謝你們在遙遠的未來仍然記得我。

《是咁的，我的職業是幫人寫遺書》是我二零一六年的出道作，當時獲得了金閱獎，而我在最初只想著幫助那些想自殺的人，讓他們知道只要活下去，總會遇到拯救自己的人。同時也在提醒那些看到自殺新聞後指責自殺者的人，其實大家都不清楚自殺者的心路歷程，明明是經歷了極大的痛苦才會選擇自盡從痛苦中解放，單憑幾句自殺的新聞又怎能知道他們背後的故事呢？也許正因為初心是為了幫助人，這個故事才有這麼大的力量，讓我從一個自中學時期就每年寫兩部小說去台灣比賽卻連初選都過不了的自大小伙子，成為一個首次在網上連載故事就在幾乎無負評的情況下直接出書出道成為作家的人，成為做金庸的男人，成為金仔。

這種首次在網上連載就出書的情況，之前能達成的人寥寥可數，penana 的總管也曾提到我的經歷幾乎就是不可能。我也因為堅持了七年獨自埋首寫小說，看打敗我的得獎小說學習，從故事設定、人物角色、伏筆、節奏等慢慢自學，那時書局還未有編劇相關的書藉，網上的教材也不多，我就是這樣學習的。後來書局開始出現電影編劇教學書，也有小說創作教學書，我在看完《超棒小說這樣寫》後，結合以前學過的技巧和知識，懷著助人的心創作了《是咁的，我的職業是幫人寫遺書》，在很多人眼中（當時接受過各大學的訪問）已是一夜成名。

可是問題來了，一夜成名並沒有為我帶來金錢上的收益。

這是我第一次偏離了初心，明明最初在網上連載時就連出書賺錢什麼的都沒想過，為何出版第一本書後我竟然在想錢呢？老實說出版一本書可獲得的利潤少得可憐，只能當作每半年收取一些零用錢，絕不足以當成全職職業。但我能不想賺錢嗎？那個時候的我快將畢業，面對快要就職的未來，我沒法不去為自己打算。那時又因為出書後認識了女朋友，跟她一起太快樂，令我覺得日後還是穩穩定定找份公務員工作算了，天天閒著過日子收月薪，就算不再寫小說，日後也能跟後代炫耀自己出版過獲獎小說。然而上天卻安排我到台灣後，因為自己的情緒問題令她跟我分手，我獨自一人在台灣只能透過寫故事排解我的情緒，不然早就從陽台跳了出去。但這個安排無形中令我繼續寫小說，當初沒有她的離開，今天的我很可能只是個尋常的公務員罷了。

後記

現在，我仍然在寫劇本和創作小說，那一次極為痛苦的經歷造就了今天的我。一位經歷過傷痛後曾經放棄自己一段時間的朋友對我說，我當時借傷痛創作和建立一些對日後人生有意義的東西，才是最正確的選擇。說起來，總感覺那場分開是命中注定的，有了現在的我，過去她的離開才有意義。加上本來我快要出道前，就跟朋友說過我要守住不可對讀者出手的底線，怎料她一出現就打破了我立下的規則，自己訂了規則不遵守已經預告了這場戀愛不會有好結果。後來我也經歷了很長的時間才重新遵守自己當初立下的規則。要知道一個成名了的創作人每天都會收到不少讀者的訊息，當中要找到有好感的人不難，甚至還會相約見面，但萬幸的是什麼事都沒發生，我也沒傷害過任何人的心，即使當時我處於心靈受到重創的狀態，我也沒傷害過任何人。

說回在台灣的事，分手後我寫下《是咁的，我覺得我住的地方有點不對勁》，字裡行間透露了自己的悲傷，也借故事懷念一下沒能見證我出書成為作家的婆婆，還有我小時候就常常去的她的家，所以才會選址在勵德邨，寫下的每個場面我都有畫面，那是童年曾待過的地方，靈感能自動融合到故事當中。

第二本書由於題材是恐佈科幻故事，我感到小說類型的限制，未能將我最痛苦的情緒全部爆發出來。要說一些特定的情感，就得以特定的類型為載體，於是我第三部小說《是咁的，我的職業是PTBF》以愛情為題材，男主角跟我一樣也是個失去愛人後沒法放下過去的人，我把所有自己的悲傷情緒全部灌注到每字每句，然而到了結局篇我卻不知道男主角到底是要釋懷還是要重新邁步向前。

我發現故事中沒有一個角色能幫到主角放下舊情，而男主角的情緒和想法在整個故事中也完全幫不到他釋懷，現在回想也是當然的，那時的我自己都未放下，怎能寫得出一個放下舊情的角色呢？於是網上版本出現了兩個結局，到實體書推出時又再另寫一個結局。現在我才真正明白當初為何滑鐵盧，敗了在結局之上。不過當我寫下《交友app》這個故事，PTBF無法釋懷的結局則成了反面教材。應該說，如果仍在失戀的劇痛中走不出來，很值得看PTBF，一次過把所有悲傷發洩出來，就像故事中的主角陪著讀者一起感受情傷的劇痛。到覺得自己想要走出過去的陰霾時再看這個故事，雙管齊下，幫助的效用應該更大。

第二、三個故事我都只為了釋放自己的負面情緒而寫，唯一動力就是悲傷。可是我發現寫完第三個故事後，悲傷的燃料用盡了。我卻為了保持自己的小說出產以防讀者忘記我，硬著頭皮寫下《是咁的，我的職業是動物傳心師》。

然而在悲傷用盡，故事初心也是為了維持自己的人氣，與幫助世界無關，故事在結局部分又再出事。那時我甚至懷疑自己怎麼了？連最基本的故事結構都出問題？明明之前三本書都沒事呀？那時有種自己氣數已盡的感覺，但還是繼續寫《是咁的，我的職業是幫人睡覺》，在故事中我讓第一個故事的女主角放下了過去，但說實在的，故事的詳略部分也出現問題，第一個客人的多重夢境其實應該用在女主角身上才對。

連我自己也不清楚自己到底發生了什麼問題，我也很清楚讀者當時讀我的故事也會覺得哪裡怪怪的，卻說不出實際上不對勁的地方。其實很簡單，那些故事我都是為了維持自己的人氣而寫，諷刺的是這兩個故事在書展推出時反而令我看到自己人氣下滑，上天的安排多奇妙呢？

後來我又為了自己小時候的夢想，硬想寫一本奇幻輕小說，沒有做好世界觀設定和事前安排好故事結構就動筆，最終胡亂的設定成為枷鎖，邊寫邊想的劇情無法連成一線，我首次爛尾，大腦一片空白，寫不下去。

後記

那次令我重新讀一次所有編劇和小說創作理論，我一來是失去了透過創作助人的初心，二來連技巧都遺忘了，只能重讀那些讀過的理論，重新拾回自己的碎片。甚至好一段時間我都無法好好面對《轉校生》故事，再多寫了一個《是咁的，救過我的護士死了》，以重學的結構和技巧去寫，分配好起承轉合，雖然還是花多了篇幅寫第二女主角，但至少我能完成故事，創作期間也沒有出現劇情失控的情況。

終於我再次鼓起勇氣，重新設定《轉校生》的世界觀，以起承轉合結構限制每章字數，預早安排好在什麼地方埋伏筆，再在討論區連載發佈。

那次是我人生最痛苦的連載經歷，我以前的作品一旦上載就有一定數量的正評和留言支持，這個最花費我心神的故事卻得不到平時應有的支持，可是我沒有放棄，堅持貫徹這個故事的創作計劃，不管多少人看仍然繼續更新，終於完成整個故事。《轉校生》還是我首次自資出版的故事，一圓自己小時候推出輕小說的美夢。但那次自資嚇怕了我，銷量奇差，連本來在網上投票支持會買書的讀者都離我而去，我真的非常非常失望和受到打擊。

那時亦是自我懷疑得厲害的時候。後來我覺得奇幻故事在討論區受眾較少，就把故事翻釋成書面語，放到 penana 平台發表。在翻譯時重看這部作品，自己找尋一點小確幸，比如我第一次出版的輕小說真的跟隨中學年代看過的輕小說格式，實體書內會附有插畫。當時的出版社也是第一次見我這種委託，因為找畫家畫下插畫需要錢，在小說排版中加入插圖也是每張要額外收費，我就什麼都不管把錢都付了後，推出了自己很滿意的實體書。雖然書的銷量不好，但我卻為能推出這本書感到自豪。此外我還在故事中向我最崇拜的日本作家奈須蘑菇致敬，有看過他的《空之境界》、《月姬》、《命運守護夜》、《魔法使之夜》的讀者應該很清楚《轉校生》中女主角看到幻想漏洞的設定便是源自於奈須筆下的「直死之魔眼」，是很純粹的致敬。我的創作魂最初就是被他點燃，看《命運守護夜》動畫版，以為那個精彩的故事是一間公司的集體創作，怎料是一個人獨力完成，他的能力令我十分佩服，由那時開始就希望寫小說。我又買下他《空之境界》的幾本書，在後記中看到其他作者為他寫下的文字，順著每一位大師看他們的推理作品，慢慢理解奈須的創作意念和敘述性詭計的原點從何而來（最厲害是某個故事上半部都在說主角，在下半部才知道前面的人不是主角是另一個人，而我全然不知）除了向奈須致敬，我也向小時候最喜歡的假面騎士致敬，所以男主角才是改造人。雖然書的銷量很差，但其實這個故事我寫得很開心，在翻譯的時候我已經不需要再花心神創作，只是重讀和翻譯，反而看到在創作時覺得痛苦的意義，原來我在寫一個很私人的故事，不了解我人生的讀者也許很難會被當中的設定所吸引，這是理所當然的。

怎料多年過去，《轉校生》成了我在 penana 平台點擊次數最多的故事，不時便出現讀者每篇點讚把這個故事推上排行榜，感覺是上天在獎勵當初沒有放棄的我。即使在創作時完全得不到我自認為「應得」的支持，卻在未來在我意想不到的地方一次又一次給我驚喜，現在回想就覺得：「啊，幸好那時我沒有放棄。」

輪到《它們的第一法則》首次寫下科幻故事，成績同樣奇差，不過這本來只是送給一個朋友的禮物。很久以前跟他一起討論故事時萌生的概念，我們都覺得機械人無法傷害人類，但透過精神虐待逼使人類自殺的話就能避過這條規則，暗中清洗人類。在故事寫完之後我已經完成任務，我也對故事沒有信心，知道沒可能出書，出書也沒多少人會買和喜歡。特別在於結局是全然絕望毫無半點希望，讀者和觀眾先天就討厭這種故事走向，因為任誰都想在故事的幻想世界中看到哪怕半點希望，我卻把這個故事寫成徹底的悲劇，會少人看是理所當然的。不過這

後記

樣的故事還是有幸獲得白卷出版社出版人的欣賞，有機會跟讀者見面，至今我仍為這個故事的銷量和成績感到很抱歉，希望在不久的將來有更好的故事回饋給她們。

然後來到這個故事，源自我在交友軟體認識了一拍即合的女朋友，渡過了很快樂的時光，連兩個人搬出去在一百呎的劏房居住都覺得幸福，還能養隻懂事聽話的貓咪。我在跟她聊天的過程中，感覺到自己真的放下了在台灣分手的前度，我重新有了心動的感覺，我重新喜歡一個人了。那種放下過去情傷的感覺太過奇妙，令我有太深的感悟，才會決定以這個主題創作故事。

這是我放下舊情的故事，也是希望讀者看到後同樣能多少釋懷一點點的故事，是一個助人的故事。而這個故事明明初心是幫人，理應會得到跟《遺書》相似的成績，可是三年來都沒有出版社問津。適逢我工作的公司快將到了一切塵埃落定的地步，我也重新拾回這個故事，多年來的工作令我聯繫到不少關鍵人物，令我這次的自費出版能成功。在此我要感謝這八年來的所有經歷，一切都成就了我目前的狀態。最有趣的是，我知道寫小說不賺錢，怎料去了當編劇卻連基本薪酬都沒有，只憑著覺得老闆認真做事不應該落得如此下場，以義工的身份盡力去幫助他，原來當編劇沒有錢也是一種磨練，其實要賺錢隨便到譚仔也能解決每月的生活所需。公司給了我最佳的養分，原來我在畢業後到不久之前都忘記了初心，我並不需要錢，我需要我的創作能幫助到別人，如此已經足夠。

希望其他創作人看到我這篇後記的分享，能成為你們在最痛苦最困難時期的打氣動力，沒事多看看周星馳的電影，它們永遠能為失落的你打氣。我也會盡全力繼續在小說、漫畫、影視界繼續努力創作，推出更多能幫助到讀者和觀眾的作品，告訴大家要堅定地相信世界的真善美的故事，希望我們在不久的將來會以其他形式再見。

最後我要在文末感謝三十年來的每位貴人，感謝父母一直以來口頭上打擊卻身體力行支持我，感謝每位陪我聊天和見證我如何堅持夢想的朋友，感謝在絕境時陪我看電影把創作心法傳授給我的好老闆、好師傅、好哥哥。

在此，請容我先行擱筆，各位讀者和創作人，有緣再見。

做金庸的男人

二零二五年六月一日

後記